San Manuel Bueno, mártir
Cómo se hace una novela

Sección: Literatura

Miguel de Unamuno:
San Manuel Bueno, mártir
Cómo se hace una novela

El Libro de Bolsillo
Alianza Editorial
Madrid

Primera   edición en «El Libro de Bolsillo»: 1966
Segunda   edición en «El Libro de Bolsillo»: 1968
Tercera   edición en «El Libro de Bolsillo»: 1971
Cuarta   edición en «El Libro de Bolsillo»: 1974
Quinta   edición en «El Libro de Bolsillo»: 1976
Sexta   edición en «El Libro de Bolsillo»: 1978 (junio)
Séptima   edición en «El Libro de Bolsillo»: 1978 (diciembre)
Octava   edición en «El Libro de Bolsillo»: 1979 (marzo)
Novena   edición en «El Libro de Bolsillo»: 1979 (octubre)
Décima   edición en «El Libro de Bolsillo»: 1980

© Herederos de Miguel de Unamuno
© Alianza Editorial, S. A.
   Madrid, 1966, 1968, 1971, 1974, 1976, 1978, 1979, 1980
   Calle Milán, 38. Teléf.: 200 00 45
   ISBN: 84-206-1027-5
   Depósito Legal: M. 10.694-1980
   Impreso en Editorial Gráficas Torroba
   Fuenlabrada (Madrid)
   Printed in Spain

Presentación

La obra novelesca de Unamuno principia con su primer libro Paz en la guerra *(Madrid, 1897) y culmina con el primer relato de su penúltimo libro* San Manuel Bueno, mártir y tres historias más *(Madrid, 1933). El último fue* El hermano Juan o el mundo es teatro. Vieja comedia nueva *(Madrid, 1934). La huella escrita de uno de los hombres más reflexivos y meditabundos que se han expresado en nuestra lengua dio, pues, comienzo y fin con la prosa fantástica de la creación literaria. La importancia del «san Manuel» de Unamuno (inicialmente divulgado en «La novela de hoy») fue pronto reconocida y en el prologuillo que antepuso a la edición citada recogía el juicio de que «esta novelita ha de ser una de mis obras más leídas y gustadas en adelante, como una de las más características de mi producción toda novelesca». Y agregaba: «Y quien dice novelesca dice filosófica y teológica. Y así pienso yo, que tengo la conciencia de haber puesto en ella todo mi sentimiento trágico de la vida cotidiana».*

La fama y la estimación hacia esta «novelita» no ha hecho sino crecer y confirmarse con el paso del tiempo. Obra de madurez y de síntesis, resume y expresa con una sobriedad definitiva su «sentimiento trágico de la vida cotidiana». Y no creo aventurado decir que para Unamuno la vida cotidiana significaba el nivel más hondo de la existencia humana. No es Unamuno un autor que pueda reducirse a ninguna de sus obras y ni siquiera las incontables cuartillas que fue manuscribiendo cada día durante muchos años contienen el ímpetu que anidaba en su persona. Sin embargo, en el trance de elegir una que fuese lo mejor y más representativo para esta universidad popular que quiere ser nuestro libro de bolsillo, el «san Manuel» de Unamuno aparece en primer término. Novela que es a un tiempo filosofía y teología, según él escribe, y además —y como toda su obra— me permito agregar que es autobiografía imaginaria y fiel trasunto de sus más íntimas congojas y esperanzas.

A esta obra maestra —a su mejor novela—, he creído adecuado agregar otro escrito, quizá el más informe de todos los suyos, pero en el que el desnudamiento de su intimidad nos lleva como a una palpación del destierro y la orfandad desde que fue redactado. Su argumento y título —«Cómo *se hace una novela»— resulta además el mejor complemento de la obra precedente. La prolija explicación de sí mismo que ese texto contiene exime de dilatados preámbulos. El escrito se proyecta como una confidencia o confesión; se convierte en diálogo —con Jean Cassou—; termina en diario, que podía continuarse o cesar en cualquier momento. Aunque la inspiración sea en buena parte distinta, próxima al monólogo a varias voces pirandelliano, alejada del precursor «Journal» des Faux-Monnayeurs de André Gide, la tarea de Unamuno resulta afín al prurito de muchos autores contemporáneos que gustan destripar sus novelas y contarnos los caminos andados en el proceso de fabricación de sus mentefacturas. Mas quizá el precedente estaría en las extraordinarias* Memorias del subsuelo (1864) *de Dostoievski. Como en ellas, el itinerario intelectual del relato nos lleva a la profundidad del subterráneo de la vida mental, a la germinación imaginativa, novelesca, de la trama de la propia vida. Y a despecho de apariencias, la especulación unamuniana trasciende el subjetivo narcisismo. «Contar la vida ¿no es acaso un modo, y tal vez el más profundo, de vivirla?», se dice Unamuno en estas páginas. Pero agrega: «¿Cuándo se acabará esa contraposición entre acción y contemplación? ¿Cuándo se acabará de comprender que la acción es contemplativa y la contemplación es activa?»*

La reedición del relato «Cómo se hace una novela» —cuyo más propio título quizá fuese «La novela de Unamuno»—, tiene además el aliciente

*de su público desconocimiento. Apareció editado
como libro en Buenos Aires y en 1927, pero no
se reimprimió hasta compilarse en el volumen X
de las* Obras Completas *(Madrid, 1958) de Unamuno; y de esa segunda edición, autorizada por el
director de la misma, Manuel García Blanco, y
por los herederos del autor, tomamos el texto que
aquí se reproduce. En ésta su tercera salida se
imprime, pues, por primera vez en España y en
libro suelto.*

Paulino Garagorri

San Manuel Bueno, mártir

Si sólo en esta vida esperamos en Cristo, somos los más miserables de los hombres todos.

(San Pablo: 1 *Cor.*, XV, 19.)

Uno

Ahora que el obispo de la diócesis de Renada, a la que pertenece esta mi querida aldea de Valverde de Lucerna, anda, a lo que se dice, promoviendo el proceso para la beatificación de nuestro don Manuel, o, mejor, San Manuel Bueno, que fue en ésta párroco, quiero dejar aquí consignado, a modo de confesión y sólo Dios sabe, que no yo, con qué destino, todo lo que sé y recuerdo de aquel varón patriarcal que llenó toda la más entrañada vida de mi alma, que fue mi verdadero padre espiritual, el padre de mi espíritu, del mío, el de Angela Carballino.

Al otro, a mi padre carnal y temporal, apenas si le conocí, pues se me murió siendo yo muy niña. Sé que había llegado de forastero a nuestra Valverde de Lucerna, que aquí arraigó al casarse con mi madre. Trajo consigo unos cuantos libros, el *Quijote*, obras de teatro clásico, algunas novelas, historias, el *Bertoldo*, todo revuelto, y de esos libros, los únicos casi que había en toda la aldea, devoré yo ensueños siendo niña. Mi buena madre apenas si me contaba hechos o dichos de mi padre. Los de don Manuel, a quien, como todo el pueblo, adoraba, de quien estaba enamorada —claro que castísimamente—, le habían borrado el recuerdo de los de su marido. A quien encomendaba a Dios, y fervorosamente, cada día al rezar el rosario.

De nuestro don Manuel me acuerdo como si fuese de cosa de ayer, siendo yo niña, a mis diez años, antes que me llevaran al colegio de religiosas de la ciudad catedralicia de Renada. Tendría él, nuestro santo, entonces unos treinta y siete años. Era alto, delgado, erguido, llevaba la cabeza como nuestra Peña del Buitre lleva su cresta, y había en sus ojos toda la hondura azul de nuestro lago. Se llevaba las miradas de todos, y tras ellas los corazones, y él, al mirarnos, parecía, traspasando la carne como un cristal, mirarnos al corazón. Todos le queríamos, pero sobre todo los niños. ¡Qué cosas nos decía! Eran cosas, no palabras. Empezaba el pueblo a olerle la santidad; se sentía lleno y embriagado de su aroma.

Entonces fue cuando mi hermano Lázaro,

que estaba en América, de donde nos mandaba regularmente dinero, con que vivíamos con decorosa holgura, hizo que mi madre me mandase al colegio de religiosas a que se completara, fuera de la aldea, mi educación, y esto aunque a él, a Lázaro, no le hiciesen mucha gracia las monjas. «Pero como ahí —nos escribía— no hay hasta ahora, que yo sepa, colegios laicos y progresivos, y menos para señoritas, hay que atenerse a lo que haya. Lo importante es que Angelita se pula y que no siga entre esas zafias aldeanas.» Y entré en el colegio pensando en un principio hacerme en él maestra; pero luego se me atragantó la pedagogía.

Dos

En el colegio conocí a niñas de la ciudad
e intimé con algunas de ellas. Pero seguía
atenta a las cosas y a las gentes de nuestra
aldea, de la que recibía frecuentes noticias
y tal vez alguna visita. Y hasta el colegio
llegaba la fama de nuestro párroco, de quien
empezaba a hablarse en la ciudad episco-
pal. Las monjas no hacían sino interrogar-
me respecto a él.

Desde muy niña alimenté, no sé bien cómo, curiosidades, preocupaciones e inquietudes, debidas, en parte al menos, a aquel
revoltijo de libros de mi padre, y todo ello
se me medró en el colegio, en el trato, sobre
todo, con una compañera que se me aficionó
desmedidamente, y que unas veces me pro-
ponía que entrásemos juntas a la vez en un

mismo convento, jurándonos, y hasta fir-
mando el juramento con nuestra sangre,
hermandad perpetua, y otras veces me hablaba, con los ojos semicerrados, de novios
y de aventuras matrimoniales. Por cierto
que no he vuelto a saber de ella ni de su
suerte. Y eso que cuando se hablaba de
nuestro don Manuel, o cuando mi madre
me decía algo de él en sus cartas —y era en
casi todas—, que yo leía a mi amiga, ésta
exclamaba como en arrobo: « ¡Qué suerte,
chica, la de poder vivir cerca de un santo
así, de un santo vivo, de carne y hueso, y
poder besarle la mano! Cuando vuelvas a
tu pueblo escríbeme mucho, mucho, y cuén-
tame de él.»

Tres

Pasé en el colegio unos cinco años, que ahora se me pierden como un sueño de madrugada en la lejanía del recuerdo, y a los quince volví a mi Valverde de Lucerna. Ya toda ella era don Manuel; don Manuel con el lago y con la montaña. Llegué ansiosa de conocerle, de ponerme bajo su protección, de que él me marcara el sendero de mi vida.

Decíase que había entrado en el seminario para hacerse cura, con el fin de atender a los hijos de una su hermana recién viuda, de servirles de padre; que en el seminario se había distinguido por su agudeza mental y su talento, y que había rechazado ofertas de brillante carrera eclesiástica porque él no quería ser sino de su Valverde de Lucerna, de su aldea perdida como un broche entre el lago y la montaña que se mira en él.

Y ¡cómo quería a los suyos! Su vida era arreglar matrimonios desavenidos, reducir a sus padres hijos indómitos o reducir los padres a sus hijos, y, sobre todo, consolar a los amargados y atediados y ayudar a todos a bien morir.

Me acuerdo, entre otras cosas, de que al volver de la ciudad la desgraciada hija de la tía Rabona, que se había perdido y volvió, soltera y desahuciada, trayendo un hijito consigo, don Manuel no paró hasta que hizo que se casase con ella su antiguo novio Perote y reconociese como suya a la criatura, diciéndole:

—Mira, da padre a este pobre crío, que no le tiene más que en el cielo.

—¡Pero, don Manuel, si no es mía la culpa...!

—¡Quién lo sabe, hijo, quién lo sabe!... Y, sobre todo, no se trata de culpa.

Y hoy el pobre Perote, inválido, paralítico, tiene como báculo y consuelo de su vida al hijo aquel que, contagiado de la santidad de don Manuel, reconoció por suyo no siéndolo.

Cuatro

En la noche de San Juan, la más breve del año, solían y suelen acudir a nuestro lago todas las pobres mujerucas y no pocos hombrecillos que se creen poseídos, endemoniados, y que parece no son sino histéricos y a las veces epilépticos, y don Manuel emprendió la tarea de hacer él de lago, de piscina probática, y tratar de aliviarlos y, si era posible, de curarlos. Y era tal la acción de su presencia, de sus miradas, y tal, sobre todo, la dulcísima autoridad de sus palabras y, sobre todo, de su voz — ¡qué milagro de voz! —, que consiguió curaciones sorprendentes. Con lo que creció su fama, que atraía a nuestro lago y a él a todos los enfermos del contorno. Y alguna vez llegó una madre

pidiéndole que hiciese un milagro en su hijo,
a lo que contestó sonriendo tristemente:

—No tengo licencia del señor obispo para hacer milagros.

Le preocupaba, sobre todo, que anduviesen todos limpios. Si alguno llevaba un roto
en su vestidura, le decía: «Anda a ver al sacristán y que te remiende eso.» El sacristán
era sastre. Y cuando el día primero de año
iban a felicitarle por ser el de su santo —su
santo patrono era el mismo Jesús Nuestro
Señor—, quería don Manuel que todos se le
presentasen con camisa nueva, y al que no
la tenía se la regalaba él mismo.

Por todos mostraba el mismo afecto, y si
a algunos distinguía más con él era a los
más desgraciados y a los que aparecían como más díscolos. Y como hubiera en el
pueblo un pobre idiota de nacimiento, Blasillo el bobo, a éste es a quien más acariciaba, y hasta llegó a enseñarle cosas que
parecía milagro que las hubiese podido
aprender. Y es que el pequeño rescoldo de
inteligencia que aún quedaba en el bobo se
le encendía en imitar, como un pobre mono,
a su don Manuel.

Su maravilla era la voz, una voz divina,
que hacía llorar. Cuando, al oficiar en misa
mayor o solemne, entonaba el prefacio, estremecíase la iglesia, y todos los que le oían
sentíanse conmovidos en sus entrañas. Su
canto, saliendo del templo, iba a quedarse

dormido sobre el lago y al pie de la montaña. Y cuando en el sermón de Viernes Santo clamaba aquello de: «¡Dios mío, Dios mío!, ¿por qué me has abandonado?», pasaba por el pueblo todo un temblor hondo como por sobre las aguas del lago en días de cierzo de hostigo. Y era como si oyesen a Nuestro Señor Jesucristo mismo, como si la voz brotara de aquel viejo crucifijo a cuyos pies tantas generaciones de madres habían depositado sus congojas. Como que una vez, al oírlo su madre, la de don Manuel, no pudo contenerse, y desde el suelo del templo, en que se sentaba, gritó: «¡Hijo mío!» Y fue un chaparrón de lágrimas entre todos. Creeríase que el grito maternal había brotado de la boca entreabierta de aquella Dolorosa —el corazón traspasado por siete espadas— que había en una de las capillas del templo. Luego, Blasillo el tonto iba repitiendo en tono patético por las callejas, y como en eco, el «¡Dios mío, Dios mío!», ¿por qué me has abandonado?», y de tal manera, que al oírselo se les saltaban a todos las lágrimas, con gran regocijo del bobo por su triunfo imitativo.

Su acción sobre las gentes era tal, que nadie se atrevía a mentir ante él, y todos, sin tener que ir al confesonario, se le confesaban. A tal punto que, como hubiese una vez ocurrido un repugnante crimen en una aldea próxima, el juez, un insensato que conocía mal a don Manuel, le llamó y le dijo:

—A ver si usted, don Manuel, consigue que este bandido declare la verdad.

—¿Para que luego pueda castigársele? —replicó el santo varón—. No, señor juez, no; yo no saco a nadie una verdad que le lleve acaso a la muerte. Allá entre él y Dios... La justicia humana no me concierne. «No juzguéis para no ser juzgados», dijo Nuestro Señor.

—Pero es que yo, señor cura...

—Comprendido; dé usted, señor juez, al César lo que es del César, que yo daré a Dios lo que es de Dios.

Y al salir, mirando fijamente al presunto reo, le dijo:

—Mira bien si Dios te ha perdonado, que es lo único que importa.

En el pueblo todos acudían a misa, aunque sólo fuese por oírle y verle en el altar, donde parecía transfigurarse, encendiéndosele el rostro. Había un santo ejercicio que introdujo en el culto popular, y es que, reuniendo en el templo a todo el pueblo, hombres y mujeres, viejos y niños, unas mil personas, recitábamos al unísono, en una sola voz, el Credo: «Creo en Dios Padre Todopoderoso, Criador del Cielo y de la Tierra...», y lo que sigue. Y no era un coro, sino una sola voz, una voz simple y unida, fundidas todas en una y haciendo como una

montaña, cuya cumbre, perdida a las veces
en nubes, era don Manuel. Y al llegar a lo
de «creo en la resurrección de la carne y la
vida perdurable», la voz de don Manuel se
zambullía, como en un lago, en la del pueblo todo, y era que él se callaba. Y yo oía
las campanas de la villa que se dice aquí
que está sumergida en el lecho del lago
—campanadas que se dice también se oyen
la noche de San Juan—, y eran las de la villa sumergida en el lago espiritual de nuestro pueblo; oía la voz de nuestros muertos
que en nosotros resucitaban en la comunión
de los santos. Después, al llegar a conocer
el secreto de nuestro santo, he comprendido que era como si una caravana en marcha
por el desierto, desfallecido el caudillo al
acercarse al término de su carrera, le toma-
ran en hombros los suyos para meter su
cuerpo sin vida en la tierra de promisión.

Los más no querían morirse sino cogidos
de su mano como de un ancla.

Jamás en sus sermones se ponía a decla-
mar contra impíos, masones, liberales o he-
rejes. ¿Para qué, si no los había en la aldea?
Ni menos contra la mala prensa. En cambio, uno de los más frecuentes temas de sus
sermones era contra la mala lengua. Porque
él lo disculpaba todo y a todos disculpaba.
No quería creer en la mala intención de
nadie.

—La envidia —gustaba repetir— la mantienen los que se empeñan en creerse envidiados, y las más de las persecuciones son efecto más de la manía persecutoria que no de la perseguidora.

—Pero fíjese, don Manuel, en lo que me han querido decir...

Y él:

—No debe importarnos tanto lo que uno quiera decir como lo que diga sin querer.

Su vida era activa, y no contemplativa, huyendo cuanto podía de no tener nada que hacer. Cuando oía eso de que la ociosidad es la madre de todos los vicios, contestaba: «Y del peor de todos, que es el pensar ocioso.» Y como yo le preguntara una vez qué es lo que con eso quería decir, me contestó: «Pensar ocioso es pensar para no hacer nada o pensar demasiado en lo que se ha hecho y no en lo que hay que hacer. A lo hecho pecho, y a otra cosa, que no hay peor que remordimiento sin enmienda.» ¡Hacer!, ¡hacer! Bien comprendí yo ya desde entonces que don Manuel huía de pensar ocioso y a solas, que algún pensamiento le perseguía.

Así es que estaba siempre ocupado, y no pocas veces en inventar ocupaciones. Escribía muy poco para sí, de tal modo que apenas nos ha dejado escritos o notas; mas, en cambio, hacía de memorialista para los demás, y a las madres, sobre todo, les redactaba las cartas para sus hijos ausentes.

Trabajaba también manualmente, ayudando con sus brazos a ciertas labores del pueblo. En la temporada de trilla íbase a la era a trillar y aventar, y en tanto aleccionaba o distraía a los labradores, a quienes ayudaba en estas faenas. Sustituía a las veces a algún enfermo en su tarea. Un día del más crudo invierno se encontró con un niño, muertito de frío, a quien su padre le enviaba a recoger una res a larga distancia, en el monte.

—Mira —le dijo al niño—, vuélvete a casa a calentarte, y dile a tu padre que yo voy a hacer el encargo.

Y al volver con la res se encontró con el padre, todo confuso, que iba a su encuentro. En invierno partía leña para los pobres. Cuando se secó aquel magnífico nogal —«un nogal matriarcal» le llamaba—, a cuya sombra había jugado de niño y con cuyas nueces se había durante tantos años regalado, pidió el tronco, se lo llevó a su casa y, después de labrar en él seis tablas, que guardaba al pie de su lecho, hizo del resto leña para calentar a los pobres. Solía hacer también las pelotas para que jugaran los mozos y no pocos juguetes para los niños.

Cinco

Solía acompañar al médico en su visita, y recalcaba las prescripciones de éste. Se interesaba, sobre todo, en los embarazos y en la crianza de los niños, y estimaba como una de las mayores blasfemias aquello de « ¡teta y gloria! » y lo otro de «angelitos al cielo». Le conmovía profundamente la muerte de los niños.

—Un niño que nace muerto o que se muere recién nacido y un suicidio —me dijo una vez— son para mí de los más terribles misterios: ¡un niño en cruz!

Y como una vez, por haberse quitado uno la vida, le preguntara el padre del suicida, un forastero, si le daría tierra sagrada, le contestó:

—Seguramente, pues en el último momento, en el segundo de la agonía, se arrepintió sin duda alguna.

Iba también a menudo a la escuela a ayudar al maestro, a enseñar con él, y no sólo el catecismo. Y es que huía de la ociosidad y de la soledad. De tal modo, que por estar con el pueblo, y sobre todo con el mocerío y la chiquillería, solía ir al baile. Y más de una vez se puso en él a tocar el tamboril para que los mozos y las mozas bailasen, y esto, que en otro hubiera parecido grotesca profanación del sacerdocio, en él tomaba un sagrado carácter y como de rito religioso. Sonaba el *Angelus*, dejaba el tamboril y el palillo, se descubría, y todos con él, y rezaba: «El ángel del Señor anunció a María: Ave María...» Y luego:

—Y ahora a descansar para mañana.

Seis

—Lo primero —decía— es que el pueblo esté contento, que estén todos contentos de vivir. El contentamiento de vivir es lo primero de todo. Nadie debe querer morirse hasta que Dios quiera.

—Pues yo sí —le dijo una vez una recién viuda—; yo quiero seguir a mi marido.

—¿Y para qué? —le respondió—. Quédate aquí para encomendar su alma a Dios.

En una boda dijo una vez: « ¡Ay, si pudiese cambiar el agua toda de nuestro lago en vino, en un vinillo que, por mucho que de él se bebiera, alegrara siempre, sin emborrachar nunca…, o por lo menos con una borrachera alegre! »

Una vez pasó por el pueblo una banda de pobres titiriteros. El jefe de ella, que llegó con la mujer gravemente enferma y embarazada, y con tres hijos que le ayudaban, hacía de payaso. Mientras él estaba en la plaza del pueblo, haciendo reír a los niños y aun a los grandes, ella, sintiéndose de pronto gravemente indispuesta, se tuvo que retirar y se retiró escoltada por una mirada de congoja del payaso y una risotada de los niños. Y escoltada por don Manuel, que luego, en un rincón de la cuadra de la posada, le ayudó a bien morir. Y cuando acabada la fiesta, supo el pueblo y supo el payaso la tragedia, fuéronse todos a la posada, y el pobre hombre, diciendo con llanto en la voz: «Bien se dice, señor cura, que es usted todo un santo», se acercó a éste, queriendo tomarle la mano para besársela; pero don Manuel se adelantó y, tomándosela al payaso, pronunció ante todos:

—El santo eres tú, honrado payaso; te vi trabajar, y comprendí que no sólo lo haces para dar pan a tus hijos, sino también para dar alegría a los de los otros, y yo te digo que tu mujer, la madre de tus hijos, a quien he despedido a Dios mientras trabajabas y alegrabas, descansa en el Señor, y que tú irás a juntarte con ella y a que te paguen riendo los ángeles, a los que haces reír en el cielo de contento.

Y todos, niños y grandes, lloraban y lloraban tanto de pena como de un misterioso contento en que la pena se ahogaba. Y más tarde, recordando aquel solemne rato, he comprendido que la alegría imperturbable de don Manuel era la forma temporal y terrena de una infinita y eterna tristeza que con heroica santidad recataba a los ojos y a los oídos de los demás.

Siete

Con aquella su constante actividad, con
aquel mezclarse en las tareas y las diver-
siones de todos, parecía querer huir de sí
mismo, querer huir de su soledad. «Le temo
a la soledad», repetía. Mas, aun así, de cuando en cuando se iba solo, orilla del lago, a
las ruinas de aquella vieja abadía donde aún
parecen reposar las almas de los piadosos
cirtercienses a quienes ha sepultado en el
olvido la Historia. Allí está la celda del llamado Padre Capitán, y en sus paredes se
dice que aún quedan señales de los gotas de
sangre con que las salpicó al mortificarse.
¿Qué pensaría allí nuestro don Manuel? Lo
que sí recuerdo es que como una vez, hablando de la abadía le preguntase yo cómo

era que no se le había ocurrido ir al claustro, me contestó:

—No es, sobre todo, porque tenga, como tengo, mi hermana viuda y mis sobrinos a quienes sostener, que Dios ayuda a los pobres, sino porque yo no nací para ermitaño, para anacoreta; la soledad me mataría el alma, y en cuanto a un monasterio, mi monasterio es Valverde de Lucerna. Yo no debo vivir solo; yo no debo morir solo. Debo vivir para mi pueblo, morir para mi pueblo. ¿Cómo voy a salvar mi alma si no salvo la de mi pueblo?

—Pero es que ha habido santos ermitaños solitarios…—le dije.

—Sí, a ellos les dio el Señor la gracia de soledad que a mí me ha negado, y tengo que resignarme. Yo no puedo perder a mi pueblo para ganarme el alma. Así me ha hecho Dios. Yo no podría soportar las tentaciones del desierto. Yo no podría llevar solo la cruz del nacimiento.

Ocho

He querido con estos recuerdos, de los que vive mi fe, retratar a nuestro don Manuel tal como era cuando yo, mocita de cerca de dieciséis años, volví del colegio de religiosas de Renada a nuestro monasterio de Valverde de Lucerna. Y volví a ponerme a los pies de su abad.

—¡Hola, la hija de la Simona —me dijo en cuanto me vio—, y hecha ya toda una moza, y sabiendo francés, y bordar y tocar el piano, y qué sé yo qué más! Ahora, a prepararte para darnos otra familia. Y tu hermano Lázaro, ¿cuándo vuelve? Sigue en el Nuevo Mundo, ¿no es así?

—Sí, señor; sigue en América...

—¡El Nuevo Mundo! Y nosotros en el Viejo. Pues bueno: cuando le escribas, dile de mi parte, de parte del cura, que estoy deseando saber cuándo vuelve del Nuevo Mundo a este viejo trayéndome las novedades de por allá. Y dile que encontrará el lago y la montaña como los dejó.

Cuando me fui a confesar con él, mi turbación era tanta, que no acertaba a articular palabra. Recé el «yo pecador», balbuciendo, casi sollozando. Y él, que lo observó, me dijo:

—Pero ¿qué te pasa corderilla? ¿De qué o de quién tienes miedo? Porque tú no tiemblas ahora al peso de tus pecados ni por temor de Dios, no; tú tiemblas de mí, ¿no es eso?

Me eché a llorar.

—Pero ¿qué es lo que te han dicho de mí? ¿Qué leyendas son ésas? ¿Acaso tu madre? Vamos, vamos, cálmate y haz cuenta que estás hablando con tu hermano...

Me animé y empecé a confiarle mis inquietudes, mis dudas, mis tristezas.

—¡Bah, bah, bah! ¿Y dónde has leído eso, marisabidilla? Todo eso es literatura. No te des demasiado a ella, ni siquiera a Santa Teresa. Y si quieres distraerte, lee el *Bertoldo*, que leía tu padre.

Salí de aquella mi primera confesión con el santo hombre profundamente consolada. Y aquel mi temor primero, aquel más que respeto miedo con que me acerqué a él, trocóse en una lástima profunda. Era yo entonces una mocita, una niña casi; pero empezaba a ser mujer, sentía en mis entrañas el jugo de la maternidad, y al encontrarme en el confesonario junto al santo varón, sentí como una callada confesión suya en el susurro sumiso de su voz, y recordé cómo cuando, al clamar él en la iglesia las palabras de Jesucristo: « ¡Dios mío, Dios mío! , ¿por qué me has abandonado?», su madre, la de don Manuel, respondió desde el suelo: « ¡Hijo mío! », y oí este grito, que desgarraba la quietud del templo. Y volví a confesarme con él para consolarle.

Una vez que en el confesonario le expuse una de aquellas dudas, me contestó:

—A eso, ya sabes, lo del Catecismo: «Eso no me lo preguntéis a mí, que soy ignorante, doctores tiene la Santa Madre Iglesia que os sabrán responder.»

—Pero ¡si el doctor aquí es usted, don Manuel! ...

—¿Yo, yo doctor? ¿Doctor yo? ¡Ni por pienso! Yo, doctorcilla, no soy más que un pobre cura de aldea. Y esas preguntas, ¿sabes quién te las insinúa, quién te las dirige? Pues... ¡el Demonio!

Y entonces, envalentonándome, le espeté a boca de jarro:

—¿Y si se las dirigiese a usted, don Manuel?

—¿A quién? ¿A mí? ¿Y el Demonio? No nos conocemos, hija, no nos conocemos.

—¿Y si se las dirigiera?

—No le haría caso. Y basta, ¿eh?, despachemos, que me están esperando unos enfermos de verdad.

Me retiré, pensando, no sé por qué, que nuestro don Manuel, tan afamado curandero de endemoniados, no creía en el Demonio. Y al irme hacia mi casa topé con Blasillo el bobo, que acaso rondaba el templo, y que al verme, para agasajarme con sus habilidades, repitió —¡y de qué modo!— lo de « ¡Dios mío, Dios mío! , ¿por qué me has abandonado?» Llegué a casa acongojadísima y me encerré en mi cuarto para llorar, hasta que llegó mi madre.

—Me parece, Angelita, con tantas confesiones, que tú te me vas a ir monja.

—No lo tema, madre —le contesté—, pues tengo harto que hacer aquí, en el pueblo, que es mi convento.

—Hasta que te cases.

—No pienso en ello —le repliqué.

Y otra vez que me encontré con don Manuel, le pregunté, mirándole derechamente a los ojos:

—¿Es que hay Infierno, don Manuel?

Y él, sin inmutarse:

—¿Para ti, hija? No.

—¿Para los otros le hay?

—¿Y a ti qué te importa, si no has de ir a él?

—Me importa por los otros. ¿Le hay?

—Cree en el cielo, en el cielo que vemos. Míralo.

Y me lo mostraba sobre la montaña y abajo, reflejado en el lago.

—Pero hay que creer en el Infierno como en el Cielo —le repliqué.

—Sí, hay que creer todo lo que enseña a creer la Santa Madre Iglesia Católica Apostólica Romana. ¡Y basta!

Leí no sé qué honda tristeza en sus ojos, azules como las aguas del lago.

Nueve

Aquellos años pasaron como un sueño. La imagen de don Manuel iba creciendo en mí sin que yo de ello me diese cuenta, pues era un varón tan cotidiano, tan de cada día como el pan que a diario pedimos en el padrenuestro. Yo le ayudaba cuanto podía en sus menesteres, visitaba a sus enfermos, a nuestros enfermos, a las niñas de la escuela, arreglaba el ropero de la iglesia y le hacía como me llamaba él, de diaconisa. Fui unos días, invitada por una compañera de colegio, a la ciudad, y tuve que volverme, pues en la ciudad me ahogaba, me faltaba algo, sentía sed de la vista de las aguas del lago, hambre de la vista de las peñas de la montaña; sentía, sobre todo, la falta de mi

don Manuel y como si su ausencia me llama-
ra, como si corriese un peligro lejos de mí,
como si me necesitara. Empezaba yo a sentir una especie de afecto maternal hacia mi
padre espiritual; quería aliviarle del peso
de su cruz del nacimiento.

Diez

Así fui llegando a mis veinticuatro años, que es cuando volvió de América, con un caudalillo ahorrado, mi hermano Lázaro. Llegó acá, a Valverde de Lucerna, con el propósito de llevarnos a mí y a nuestra madre a vivir a la ciudad, acaso a Madrid.

—En la aldea —decía— se entontece, se embrutece y se empobrece uno.

Y añadía:

—Civilización es lo contrario de ruralización. ¡Aldeanerías, no!, que no hice que fueras al colegio para que te pudras luego aquí, entre estos zafios patanes.

Yo callaba, aun dispuesta a resistir la emigración; pero nuestra madre, que pasaba ya de la sesentena, se opuso desde un principio: « ¡A mi edad, cambiar de aguas!»,

dijo primero; mas luego dio a conocer claramente que ella no podría vivir fuera de la
vista de su lago, de su montaña y, sobre todo, de su don Manuel.

—¡Sois como las gatas, que os apegáis a
la casa! —repetía mi hermano.

Cuando se percató de todo el imperio
que sobre el pueblo todo y en especial sobre nosotras, sobre mi madre y sobre mí,
ejercía el santo varón angélico, se irritó contra éste. Le pareció un ejemplo de la oscura
teocracia en que él suponía hundida a España. Y empezó a barbotar sin descanso todos
los viejos lugares comunes anticlericales y
hasta antirreligiosos y progresistas que había traído renovados del Nuevo Mundo.

—En esta España de calzonazos —decía—, los curas manejan a las mujeres y las
mujeres a los hombres..., ¡y luego el campo, el campo!, este campo feudal...

Para él, «feudal» era un término pavoroso; «feudal» y «medieval» eran los dos calificativos que prodigaba cuando quería condenar algo.

Le desconcertaba el ningún efecto que sobre nosotras hacían sus diatribas y el casi
ningún efecto que hacían en el pueblo, donde se le oía con respetuosa indiferencia.
«A estos patanes no hay quien los conmueva.» Pero como era bueno, por ser inteligente, pronto se dio cuenta de la clase de
imperio que don Manuel ejercía sobre el

pueblo, pronto se enteró de la obra del cura de su aldea.

—¡No, no es como los otros —decía—, es un santo!

—Pero ¿tú sabes cómo son los otros curas? —le decía yo; y él:

—Me lo figuro.

Mas aun así ni entraba en la iglesia ni dejaba de hacer alarde en todas partes de su incredulidad, aunque procurando siempre dejar a salvo a don Manuel. Y ya en el pueblo se fue formando, no sé cómo, una expectativa, la de una especie de duelo entre mi hermano Lázaro y don Manuel, o más bien se esperaba la conversión de aquél por éste. Nadie dudaba de que al cabo el párroco le llevaría a su parroquia. Lázaro, por su parte, ardía en deseos —me lo dijo luego— de ir a oír a don Manuel, de verle y oírle en la iglesia, de acercarse a él y con él conversar, de conocer el secreto de aquel su imperio espiritual sobre las almas. Y se hacía de rogar para ello, hasta que, al fin, por curiosidad —decía—, fue a oírle.

—Sí, esto es otra cosa —me dijo luego de haberle oído—; no es como los otros, pero a mí no me la da; es demasiado inteligente para creer todo lo que tiene que enseñar.

—Pero ¿es que le crees un hipócrita? —le dije.

—Hipócrita..., no; pero es el oficio, del que tiene que vivir.

En cuanto a mí, mi hermano se empeñaba en que yo leyese de libros que él trajo y de otros que me incitaba a comprar.

—¿Conque tu hermano Lázaro —me decía don Manuel— se empeña en que leas? Pues lee, hija mía, lee y dale así gusto. Sé que no has de leer sino cosa buena; lee aunque sean novelas. No son mejores las historias que llaman verdaderas. Vale más que leas que no el que te alimentes de chismes y comadrerías del pueblo. Pero lee, sobre todo, libros de piedad que te den contento de vivir, un contento apacible y silencioso.

¿Le tenía él?

Once

Por entonces enfermó de muerte y se nos murió nuestra madre, y en sus últimos días todo su hipo era que don Manuel convirtiese a Lázaro, a quien esperaba volver a ver un día en el cielo, en un rincón de las estrellas desde donde se viese el lago y la montaña de Valverde de Lucerna. Ella se iba ya a ver a Dios.

—Usted no se va —le decía don Manuel—, usted se queda. Su cuerpo aquí, en esta tierra, y su alma también aquí, en esta casa, viendo y oyendo a sus hijos, aunque éstos ni la vean ni la oigan.

—Pero yo, padre —dijo— voy a ver a Dios.

—Dios, hija mía, está aquí como en todas partes, y le verá usted desde aquí. Y a todos nosotros en El, y a El en nosotros.

—Dios se lo pague —le dije.

—El contento con que tu madre se muere —me dijo— será su eterna vida.

Y volviéndose a mi hermano Lázaro:

—Su cielo es seguir viéndote, y ahora es cuando hay que salvarla. Dile que rezarás por ella.

—Pero...

—¿Pero...? Dile que rezarás por ella, a quien debes la vida, y sé que una vez que se lo prometas rezarás, y sé que luego que reces...

Mi hermano, acercándose, arrasados sus ojos en lágrimas, a nuestra madre agonizante, le prometió solemnemente rezar por ella.

—Y yo en el cielo por ti, por vosotros —respondió mi madre, besando el crucifijo, y puestos sus ojos en los de don Manuel, entregó su alma a Dios.

—«¡En tus manos encomiendo mi espíritu!» —rezó el santo varón.

Doce

Quedamos mi hermano y yo solos en la casa. Lo que pasó en la muerte de nuestra madre puso a Lázaro en relación con don Manuel, que pareció descuidar algo a sus demás pacientes, a sus demás menesterosos, para atender a mi hermano. Ibanse por las tardes de paseo, orilla del lago, o hacia las ruinas, vestidas de hiedra, de la vieja abadía de cistercienses.

—Es un hombre maravilloso —me decía Lázaro—. Ya sabes que dicen que en el fondo de este lago hay una villa sumergida y que en la noche de San Juan, a las doce, se oyen las campanadas de su iglesia.

—Sí —le contestaba yo—, una villa feudal y medieval...

—Y creo —añadía— que en el fondo del
alma de nuestro don Manuel hay también
sumergida, ahogada, una villa y que alguna
vez se oyen sus campanadas.

—Sí —le dije—, esa villa sumergida en el
alma de don Manuel, ¿y por qué no también
en la tuya?, es el cementerio de las almas de
nuestros abuelos, los de esta nuestra Valverde de Lucerna…, ¡feudal y medieval!

Trece

Acabó mi hermano por ir a misa siempre, a oír a don Manuel, y cuando se dijo que cumpliría con la parroquia, que comulgaría cuando los demás comulgasen, recorrió un íntimo regocijo al pueblo todo, que creyó haberle recobrado. Pero fue un regocijo tal, tan limpio, que Lázaro no se sintió vencido ni disminuido.

Y llegó el día de su comunión, ante el pueblo todo, con el pueblo todo. Cuando llegó la vez a mi hermano pude ver que don Manuel, tan blanco como la nieve de enero en la montaña, y temblando como tiembla el lago cuando le hostiga el cierzo, se le acercó con la sagrada forma en la mano, y de tal modo le temblaba ésta al arrimarla a la boca de Lázaro, que se le cayó la forma a tiempo que le daba un vahído. Y fue mi hermano mismo quien recogió la hostia y se la llevó a la boca. Y el pueblo, al ver llorar a don Manuel, lloró, diciéndose: « ¡Cómo le quiere! » Y entonces, pues era la madrugada, cantó un gallo.

Al volver a casa y encerrarme en ella con mi hermano, le eché los brazos al cuello y besándole le dije:

— ¡Ay, Lázaro, Lázaro! , ¡qué alegría nos has dado a todos, a todos, a todo el pueblo, a todos, a los vivos y a los muertos, y sobre todo a mamá, a nuestra madre! ¿Viste? El pobre don Manuel lloraba de alegría. ¡Qué alegría nos has dado a todos!

—Por eso lo he hecho —me contestó.

—¿Por eso? ¿Por darnos alegría? Lo habrás hecho ante todo por ti mismo, por conversión.

Y entonces Lázaro, mi hermano, tan pálido y tan tembloroso como don Manuel cuando le dio la comunión, me hizo sentarme, en el sillón mismo donde solía sentarse nuestra madre, tomó huelgo, y luego, como en íntima confesión doméstica y familiar, me dijo:

—Mira, Angelita, ha llegado la hora de decirte la verdad, toda la verdad, y te la voy a decir, porque debo decírtela, porque a ti no puedo, no debo callártela y porque además habrías de adivinarla, y a medias, que es lo peor, más tarde o más temprano.

Y entonces, serena y tranquilamente, a media voz, me contó una historia que me sumergió en un lago de tristeza. Cómo don Manuel le había venido trabajando, sobre todo en aquellos paseos a las ruinas de la vieja abadía cisterciense, para que no escandalizase, para que diese buen ejemplo, para que se incorporase a la vida religiosa del pueblo, para que fingiese creer si no creía, para que ocultase sus ideas al respecto, mas sin intentar siquiera catequizarle, convertirle de otra manera.

—Pero ¿es eso posible? —exclamé, consternada.

—¡Y tan posible, hermana, y tan posible! Y cuando yo le decía: «Pero ¿es usted, usted, el sacerdote, el que me aconseja que finja?», él, balbuciente: «¿Fingir? ¡Fingir, no!, ¡eso no es fingir! Toma agua bendita, que dijo alguien, y acabarás creyendo.» Y como yo, mirándole a los ojos, le dijese: «¿Y usted celebrando misa ha acabado por creer?», él bajó la mirada y se le llenaron los ojos de lágrimas. Y así es como le arranqué su secreto.

—¡Lázaro! —gemí.

Y en aquel momento pasó por la calle Blasillo el bobo, clamando su «¡Dios mío, Dios mío!, ¿por qué me has abandonado?» Y Lázaro se estremeció creyendo oír la voz de don Manuel, acaso la de Nuestro Señor Jesucristo.

—Entonces —prosiguió mi hermano— comprendí sus móviles y con esto comprendí su santidad; porque es un santo, hermana, todo un santo. No trataba, al emprender ganarme para su santa causa —porque es una causa santa, santísima—, arrogarse un triunfo, sino que lo hacía por la paz, por la felicidad, por la ilusión si quieres, de los que le están encomendados; comprendí que si los engaña así —si es que esto es engaño— no es por medrar. Me rendí a sus razones, y he aquí mi conversión. Y no me olvidaré jamás del día en que diciéndole yo: «Pero, don Manuel, la verdad, la verdad ante todo», él temblando, me susurró al oído —y eso que estábamos solos en medio del campo—: «¿La verdad? La verdad, Lázaro, es acaso algo terrible, algo intolerable, algo mortal; la gente sencilla no podría vivir con ella.» «Y ¿por qué me la deja entrever ahora aquí, como confesión?», le dije. Y él: «Porque si no me atormentaría tanto, tanto, que acabaría gritándola en medio de la plaza, y eso jamás, jamás, jamás. Yo estoy para hacer vivir a las almas de mis feligreses, para hacerlos felices, para hacerles que se sueñen inmortales y no para matarlos. Lo que aquí hace falta es que vivan sanamente, que vivan en unanimidad de sentido, y con la verdad, con mi verdad, no vivirían. Que vivan. Y esto hace la Iglesia, hacerlos vivir. ¿Religión verdadera? Todas las religiones son verdaderas en cuanto hacen vivir espiritualmente a los pueblos que las profesan, en cuanto les consuelan de haber tenido que nacer para morir, y para cada pueblo la religión más verdadera es la suya, la que ha hecho. ¿Y la mía? La mía es consolarme en consolar a los demás, aunque el consuelo que les doy no sea el mío.» Jamás olvidaré estas sus palabras.

—¡Pero esa comunión tuya ha sido un sacrilegio! —me atreví a insinuar, arrepintiéndome al punto de haberlo insinuado.

—¿Sacrilegio? ¿Y él, que me la dio? ¿Y sus misas?

—¡Qué martirio! —exclamé.

—Y ahora —añadió mi hermano— hay otro más para consolar al pueblo.

—¿Para engañarle? —dije.

—Para engañarle, no —me replicó—, sino para corroborarle en su fe.

—Y el pueblo —dije—, ¿cree de veras?

—¡Qué se yo…! Cree sin querer, por hábito, por tradición. Y lo que hace falta es no despertarle. Y que viva en su pobreza de sentimientos para que no adquiera torturas de lujo. ¡Bienaventurados los pobres de espíritu!

—Eso, hermano, lo has aprendido de don Manuel. Y ahora, dime, ¿has cumplido aquello que le prometiste a nuestra madre cuando ella se nos iba a morir, aquello de que rezarías por ella?

—¡Pues no se lo había de cumplir! Pero ¿por quién me has tomado, hermana? ¿Me crees capaz de faltar a mi palabra, a una promesa solemne, y a una promesa hecha, y en el lecho de muerte, a una madre?

—¡Qué sé yo...! Pudiste querer engañarla para que muriese consolada.

—Es que si yo no hubiese cumplido la promesa viviría sin consuelo.

—¿Entonces?

—Cumplí la promesa y no he dejado de rezar ni un solo día por ella.

—¿Sólo por ella?

—Pues ¿por quién más?

—¡Por ti mismo! Y de ahora en adelante, por don Manuel.

Nos separamos para irnos cada uno a su cuarto, yo a llorar toda la noche, a pedir por la conversión de mi hermano y de don Manuel, y él, Lázaro, no sé bien a qué.

Catorce

Después de aquel día temblaba yo de encontrarme a solas con don Manuel, a quien seguía asistiendo en sus piadosos menesteres. Y él pareció percatarse de mi estado íntimo y adivinar su causa. Y cuando al fin me acerqué a él en el tribunal de la penitencia —¿quién era el juez y quién el reo?—, los dos, él y yo, doblamos en silencio la cabeza y nos pusimos a llorar. Y fue él, don Manuel, quien rompió el tremendo silencio para decirme con voz que parecía salir de una huesa:

—Pero tú, Angelina, tú crees como a los diez años, ¿no es así? ¿Tú crees?

—Sí creo, padre.

—Pues sigue creyendo. Y si se te ocurren dudas, cállatelas a ti misma. Hay que vivir...

Me atreví, y toda temblorosa le dije:

—Pero usted, padre, ¿cree usted?

Vaciló un momento y, reponiéndose, me dijo:

—¡Creo!

—Pero ¿en qué, padre, en qué? ¿Cree usted en la otra vida?, ¿cree que al morir no nos morimos del todo?, ¿cree que volveremos a vernos, a querernos en otro mundo venidero?, ¿cree en la otra vida?

El pobre santo sollozaba.

—¡Mira, hija, dejemos eso!

Y ahora, al escribir esta memoria, me digo: ¿Por qué no me engañó? ¿Por qué no me engañó entonces como engañaba a los demás? ¿Por qué se acongojó? ¿Porque no podía engañarse a sí mismo, o porque no podía engañarme? Y quiero creer que se acongojaba porque no podía engañarse para engañarme.

—Y ahora —añadió—, reza por mí, por tu hermano, por ti misma, por todos. Hay que vivir. Y hay que dar vida.

Y después de una pausa:

—Y ¿por qué no te casas, Angelina?

—Ya sabe usted, padre mío, por qué.

—Pero no, no; tienes que casarte. Entre Lázaro y yo te buscaremos un novio. Porque a ti te conviene casarte para que se te curen esas preocupaciones.

—¿Preocupaciones, don Manuel?

—Yo sé bien lo que me digo. Y no te

acongojes demasiado por los demás, que harto tiene cada cual con tener que responder de sí mismo.

—¡Y que sea usted, don Manuel, el que me diga eso! ¡Que sea usted el que aconseje que me case para responder de mí y no acuitarme por los demás! ¡Que sea usted!

—Tienes razón, Angelina, no sé ya lo que me digo; no sé ya lo que me digo desde que estoy confesándome contigo. Y sí, sí, hay que vivir, hay que vivir.

Y cuando yo iba a levantarme para salir del templo, me dijo:

—Y ahora, Angelina, en nombre del pueblo, ¿me absuelves?

Me sentí como penetrada de un misterioso sacerdocio y le dije:

—En nombre de Dios Padre, Hijo y Espíritu Santo, le absuelvo, padre.

Y salimos de la iglesia, y al salir se me estremecían las entrañas maternales.

Quince

Mi hermano, puesto ya del todo al servicio de la obra de don Manuel, era su más asiduo colaborador y compañero. Los anudaba, además, el común secreto. Le acompañaba en sus visitas a los enfermos, a las escuelas, y ponía su dinero a disposición del santo varón. Y poco faltó para que no aprendiera a ayudarle a misa. E iba entrando cada vez más en el alma insondable de don Manuel.

—¡Qué hombre! —me decía—. Mira, ayer, paseando a orillas del lago, me dijo: «He aquí mi tentación mayor.» Y como yo le interrogase con la mirada, añadió: «Mi pobre padre, que murió de cerca de noventa años, se pasó la vida, según me lo confesó él mismo, torturado por la tentación del suicidio, que le venía no recordaba desde cuándo, de *nación*, decía, y defendiéndose de ella. Y esa defensa fue su vida. Para no sucumbir a tal tentación extremaba los cuidados por conservar la vida. Me contó escenas terribles. Me parecía como una locura. Y yo la he heredado. ¡Y cómo me llama esa agua con su aparente quietud —la corriente va por dentro— espeja al cielo! ¡Mi vida, Lázaro, es una especie de suicidio continuo, un combate contra el suicidio, que es igual; pero que vivan ellos, que vivan los nuestros! » Y luego añadió: «Aquí se remansa el río en lago, para luego, bajando a la meseta, precipitarse en cascadas, saltos y torrenteras, por las hoces y encañadas, junto a la ciudad, y así remansa la vida, aquí en la aldea. Pero la tentación del suicidio es mayor aquí, junto al remanso que espeja la noche de estrellas, que no junto a las cascadas que dan miedo. Mira, Lázaro, he asistido a bien morir a pobres aldeanos, ignorantes, analfabetos que apenas si habían salido de la aldea, y he podido saber de sus labios, y cuando no adivinarlo, la verdadera causa de su enfermedad de muerte, y he podido mirar, allí, a la cabecera de su lecho de muerte, toda la negrura de la sima del tedio de vivir. ¡Mil veces peor que el hambre! Sigamos, pues, Lázaro, suicidándonos en nuestra obra y en nuestro pueblo, y que sueñe éste vida como el lago sueña el cielo.»

—Otra vez —me decía también mi hermano—, cuando volvíamos acá, vimos a una zagala, una cabrera, que enhiesta sobre un picacho de la falda de la montaña, a la vista del lago, estaba cantando con una voz más fresca que las aguas de éste. Don Manuel me detuvo, y señalándomela, dijo: «Mira, parece como si se hubiera acabado el tiempo, como si esa zagala hubiese estado ahí siempre, y como está, y cantando como está, y como si hubiera de seguir estando así siempre, como estuvo cuando empezó mi conciencia, como estará cuando se me acabe. Esa zagala forma parte, con las rocas, las nubes, los árboles, las aguas, de la Naturaleza y no de la Historia.» ¡Cómo siente, cómo anima don Manuel a la Naturaleza! Nunca olvidaré el día de la nevada, en que me dijo: «¿Has visto, Lázaro, misterio mayor que el de la nieve cayendo en el lago y muriendo en él mientras cubre con su toca a la montaña?

Dieciséis

Don Manuel tenía que contener a mi hermano en su celo y en su inexperiencia de neófito. Y como supiese que éste andaba predicando contra ciertas supersticiones populares, hubo de decirle:

—¡Déjalos! ¡Es tan difícil hacerles comprender dónde acaba la creencia ortodoxa y dónde empieza la superstición! Y más para nosotros. Déjalos, pues, mientras se consuelen. Vale más que lo crean todo, aun cosas contradictorias entre sí, a no que no crean nada. Eso de que el que cree demasiado acaba por no creer nada, es cosa de protestantes. No protestemos. La protesta mata el contento.

Una noche de plenilunio —me contaba también mi hermano— volvían a la aldea por la orilla del lago, a cuya sobrehaz rizaba entonces la brisa montañesa y en el rizo cabrilleaban las razas de la luna llena, y don Manuel le dijo a Lázaro:

—¡Mira, el agua está rezando la letanía y ahora dice: *Ianua caeli, ora pro nobis*, puerta del cielo, ruega por nosotros!

Y cayeron temblando de sus pestañas a la yerba del suelo dos huideras lágrimas en que también, como en rocío, se bañó temblorosa la lumbre de la luna llena.

Diecisiete

E iba corriendo el tiempo y observábamos mi hermano y yo que las fuerzas de don Manuel empezaban a decaer, que ya no lograba contener del todo la insondable tristeza que le consumía, que acaso una enfermedad traidora le iba minando el cuerpo y el alma. Y Lázaro, acaso para distraerle más, le propuso si no estaría bien que fundasen en la iglesia algo así como un Sindicato católico agrario.

—¿Sindicato? —respondió tristemente don Manuel—. ¿Sindicato? Y ¿qué es eso? Yo no conozco más sindicato que la Iglesia, y ya sabes aquello de «mi reino no es de este mundo». Nuestro reino, Lázaro, no es de este mundo...

—¿Y del otro?

Don Manuel bajó la cabeza:

—El otro, Lázaro, está aquí también, porque hay dos reinos en este mundo. O mejor, el otro mundo..., vamos, que no sé lo que me digo. Y en cuanto a eso del Sindicato, es en ti un resabio de tu época de progresismo. No, Lázaro, no; la religión no es para resolver los conflictos económicos o políticos de este mundo que Dios entregó a las disputas de los hombres. Piensen los hombres y obren los hombres como pensaren y como obraren, que se consuelen de haber nacido, que vivan lo más contentos que puedan en la ilusión de que todo esto tiene una finalidad. Yo no he venido a someter los pobres a los ricos, ni a predicar a éstos que se sometan a aquéllos. Resignación y caridad en todos y para todos. Porque también el rico tiene que resignarse a su riqueza, y a la vida, y también el pobre tiene que tener caridad para con el rico. ¿Cuestión social? Deja eso, eso no nos concierne. Que traen una nueva sociedad, en que no haya ya ni ricos ni pobres, en que esté justamente repartida la riqueza, en que todo sea de todos, ¿y qué? ¿Y no crees que del bienestar general surgirá más fuerte el tedio de la vida? Sí, ya sé que uno de esos caudillos de la que llaman la revolución social ha dicho que la religión es el opio del pueblo. Opio..., opio... Opio, sí. Démosle opio, y que duerma y que sueñe.

Yo mismo, con esta mi loca actividad, me estoy administrando opio. Y no logro dormir bien, y menos soñar bien... ¡Esta terrible pesadilla! Y yo también puedo decir con el Divino Maestro: «Mi alma está triste hasta la muerte.» No, Lázaro, no; nada de sindicatos por nuestra parte. Si lo forman ellos, me parecerá bien, pues que así se distraen. Que jueguen al sindicato, si eso les contenta.

Dieciocho

El pueblo todo observó que a don Manuel le menguaban las fuerzas, que se fatigaba. Su voz misma, aquella voz que era un milagro, adquirió un cierto temblor íntimo. Se le asomaban las lágrimas con cualquier motivo. Y sobre todo cuando hablaba al pueblo del otro mundo, de la otra vida, tenía que detenerse a ratos cerrando los ojos. «Es que lo está viendo», decían. Y en aquellos momentos era Blasillo el bobo el que con más cuajo lloraba. Porque ya Blasillo lloraba más que reía, y hasta sus risas sonaban a lloros.

Al llegar la última Semana de Pasión que nosotros, en nuestro mundo, en nuestra aldea celebró don Manuel, el pueblo todo presintió el fin de la tragedia. ¡Y cómo sonó entonces aquel « ¡Dios mío, Dios mío! , ¿por qué me has abandonado?», el último que en público sollozó don Manuel! Y cuando dijo lo del Divino Maestro al buen bandolero —«todos los bandoleros son buenos», solía decir nuestro don Manuel—, aquello de: «Mañana estarás conmigo en el paraíso.» ¡Y la última comunión general que repartió nuestro santo! Cuando llegó a dársela a mi hermano, esta vez con mano segura, después del litúrgico ...*in vitam aeternam*, se le inclinó al oído y le dijo: «No hay más vida eterna que ésta..., que la sueñen eterna..., eterna de unos pocos años...» Y cuando me la dio a mí me dijo: «Reza, hija mía, reza por nosotros.» Y luego, algo tan extraordinario que lo llevo en el corazón como el más grande misterio, y fue que me dijo con voz que parecía de otro mundo: «... y reza también por Nuestro Señor Jesucristo...»

Me levanté sin fuerza y como somnámbula. Y todo en torno me pareció un sueño. Y pensé: «Habré de rezar también por el lago y por la montaña.» Y luego: «¿Es que estaré endemoniada?» Y en casa ya, cogí el crucifijo con el cual en las manos había entregado a Dios su alma mi madre, y mirándolo a través de mis lágrimas y recordando el « ¡Dios mío, Dios mío! , ¿por qué me has abandonado?» de nuestros dos Cristos, el de esta Tierra y el de esta aldea, recé: «Há-

gase tu voluntad así en la tierra como en
el cielo», primero, y después: «Y no nos de-
jes caer en la tentación, amén.» Luego me
volví a aquella imagen de la Dolorosa, con
su corazón traspasado por siete espadas,
que había sido el más doloroso consuelo de
mi pobre madre, y recé: «Santa María, madre de Dios, ruega por nosotros, pecadores,
ahora y en la hora de nuestra muerte,
amén.» Y apenas lo había rezado cuando
me dije: «¿Pecadores?, ¿nosotros pecadores?, ¿y cuál es nuestro pecado, cuál? Y an-
duve todo el día acongojada por esta pregunta.

Al día siguiente acudí a don Manuel, que
iba adquiriendo una solemnidad de religioso ocaso, y le dije:

—¿Recuerda, padre mío, cuando hace ya
años, al dirigirle yo una pregunta me contestó: «Eso no me lo preguntéis a mí, que
soy ignorante; doctores tiene la Santa Madre Iglesia que os sabrán responder?»

—¡Que si me acuerdo!... Y me acuerdo
que te dije que ésas eran preguntas que te
dictaba el Demonio.

—Pues bien, padre: hoy vuelvo yo, la endemoniada, a dirigirle otra pregunta que
me dicta mi demonio de la guarda.

—Pregunta.

—Ayer, al darme de comulgar, me pidió
que rezara por todos nosotros y hasta por...

—Bien, cállalo y sigue.

—Llegué a casa y me puse a rezar, y al llegar a aquello de «ruega por nosotros, pecadores, ahora y en la hora de nuestra muerte», una voz íntima me dijo: «¿Pecadores?, ¿pecadores nosotros?, ¿y cuál es nuestro pecado?» ¿Cuál es nuestro pecado, padre?

—¿Cuál? —me respondió—. Ya lo dijo un gran doctor de la Iglesia Católica Apostólica Española, ya lo dijo el gran doctor de *La vida es sueño*, ya dijo que «el delito mayor del hombre es haber nacido». Ese es, hija, nuestro pecado: el de haber nacido.

—¿Y se cura, padre?

—¡Vete y vuelve a rezar! Vuelve a rezar por nosotros, pecadores, ahora y en la hora de nuestra muerte... Sí, al fin se cura el sueño..., y al fin se cura la vida..., al fin se acaba la cruz del nacimiento... Y como dijo Calderón, el hacer bien, y el engañar bien, ni aun en sueños se pierde...

Diecinueve

Y la hora de su muerte llegó, por fin. Todo el pueblo la veía llegar. Y fue su más grande lección. No quiso morirse ni solo ni ocioso. Se murió predicando al pueblo, en el templo. Primero, antes de mandar que le llevasen a él, pues no podía ya moverse por la perlesía, nos llamó a su casa a Lázaro y a mí. Y allí los tres a solas, nos dijo:

—Oíd: cuidad de estas pobres ovejas, que se consuelen de vivir, que crean lo que yo no he podido creer. Y tú, Lázaro, cuando hayas de morir, muere como yo, como morirá nuestra Angela, en el seno de la Santa Madre Católica Apostólica Romana, de la Santa Madre Iglesia de Valverde de Lucerna, bien entendido. Y hasta nunca más ver, pues se acaba este sueño de la vida...

—¡Padre, padre! —gemí yo.

—No te aflijas, Angela, y sigue rezando por todos los pecadores, por todos los nacidos. Y que sueñen, que sueñen. ¡Qué ganas tengo de dormir, dormir, dormir sin fin, dormir por toda una eternidad y sin soñar!, ¡olvidando el sueño! Cuando me entierren, que sea en una caja hecha con aquellas seis tablas que tallé del viejo nogal, ¡pobrecillo!, a cuya sombra jugué de niño, cuando empezaba a soñar... ¡Y entonces sí que creía en la vida perdurable! Es decir, me figuro ahora que creía entonces. Para un niño, creer no es más que soñar. Y para un pueblo. Esas seis tablas que tallé con mis propias manos, las encontraréis al pie de mi cama.

Le dio un ahogo y, repuesto de él, prosiguió:

—Recordaréis que cuando rezábamos todos en uno, en unanimidad de sentido, hechos pueblo, el Credo, al llegar al final yo me callaba. Cuando los israelitas iban llegando al fin de su peregrinación por el desierto, el Señor les dijo a Aarón y a Moisés que por no haberle creído no meterían a su pueblo en la tierra prometida, y les hizo subir al monte de Hor, donde Moisés hizo desnudar a Aarón, que allí murió, y luego subió Moisés desde las llanuras de Moab al monte Nebo, a la cumbre del Frasga, enfrente de Jericó, y el Señor le mostró toda la tierra prometida a su pueblo, pero diciéndole a él: «¡No pasarás allá!» Y allí murió Moisés y nadie supo su sepultura. Y dejó por caudillo a Josué. Sé tú, Lázaro, mi Josué, y si puedes detener al sol detenle y no te importe del progreso. Como Moisés, he conocido al Señor, nuestro supremo ensueño, cara a cara, y ya sabes que dice la Escritura que el que le ve la cara a Dios, que el que le ve al sueño los ojos de la cara con que nos mira, se muere sin remedio y para siempre. Que no le vea, pues, la cara a Dios este nuestro pueblo mientras viva, que después de muerto ya no hay cuidado, pues no verá nada...

—¡Padre, padre, padre!— volví a gemir. Y él:

—Tú, Angela, reza siempre, sigue rezando para que los pecadores todos sueñen hasta morir la resurrección de la carne y la vida perdurable...

Yo esperaba un «¿y quién sabe...?», cuando le dio otro ahogo a don Manuel.

—Y ahora —añadió—, ahora, en la hora de mi muerte, es hora de que hagáis que se me lleve, en este mismo sillón, a la iglesia, para despedirme allí de mi pueblo que me espera.

Se le llevó a la iglesia y se le puso, en el sillón, en el presbiterio, al pie del altar. Tenía entre sus manos un crucifijo. Mi hermano y yo nos pusimos junto a él, pero fue

Blasillo el bobo quien más se arrimó. Quería coger de la mano a don Manuel, besársela. Y como algunos trataran de impedírselo, don Manuel les reprendió, diciéndoles:

—Dejadle que se me acerque. Ven, Blasillo, dame la mano.

El bobo lloraba de alegría. Y luego don Manuel dijo:

—Muy pocas palabras, hijos míos, pues apenas me siento con fuerzas sino para morir. Y nada nuevo tengo que deciros. Ya os lo dije todo. Vivid en paz y contentos y esperando que todos nos veamos un día en la Valverde de Lucerna que hay allí, entre las estrellas de la noche que se reflejan en el lago, sobre la montaña. Y rezad, rezad a María Santísima, rezad a Nuestro Señor. Sed buenos, que esto basta. Perdonadme el mal que haya podido haceros sin quererlo y sin saberlo. Y ahora, después que os dé mi bendición, rezad todos a una el Padrenuestro, el Avemaría, la Salve y, por último, el Credo.

Luego, con el crucifijo que tenía en la mano, dio la bendición al pueblo, llorando las mujeres y los niños y no pocos hombres, y en seguida empezaron las oraciones, que don Manuel oía en silencio y cogido de la mano por Blasillo, que al son del ruego se iba durmiendo. Primero, el Padrenuestro, con su «hágase tu voluntad así en la tierra como en el cielo»: luego, el Santa María, con su «ruega por nosotros, pecadores, ahora y en la hora de nuestra muerte»; a seguida, la Salve, con su «gimiendo y llorando en este valle de lágrimas», y, por último, el Credo. Y al llegar a la «resurrección de la carne y la vida perdurable», todo el pueblo sintió que su santo había entregado su alma a Dios. Y no hubo que cerrarle los ojos, porque se murió con ellos cerrados. Y al ir a despertar a Blasillo nos encontramos con que se había dormido en el Señor para siempre. Así que hubo que enterrar dos cuerpos.

El pueblo todo se fue en seguida a la casa del santo a recoger reliquias, a repartirse retazos de sus vestiduras, a llevarse lo que pudieran como reliquia y recuerdo del bendito mártir. Mi hermano guardó su breviario, entre cuyas hojas encontró, desecada y como en un herbario, una clavellina pegada a un papel, y en éste, una cruz con una fecha.

Veinte

Nadie en el pueblo quiso creer en la muerte de don Manuel; todos esperaban verle a diario, y acaso le veían, pasar a lo largo del lago y espejado en él o teniendo por fondo la montaña; todos seguían oyendo su voz, y todos acudían a su sepultura, en torno a la cual surgió todo un culto. Las endemoniadas venían ahora a tocar la cruz de nogal, hecha también por sus manos y sacada del mismo árbol de donde sacó las seis tablas en que fue enterrado. Y los que menos queríamos creer que se hubiese muerto éramos mi hermano y yo.

El, Lázaro, continuaba la tradición del santo y empezó a redactar lo que le había oído, notas de que me he servido para esta mi memoria.

—El me hizo un hombre nuevo, un verdadero Lázaro, un resucitado —me decía—. El me dio fe.

—¿Fe? —le interrumpía yo.

—Sí, fe, fe en el consuelo de la vida, fe en el contento de la vida. El me curó de mi progresismo. Porque hay, Angela, dos clases de hombres peligrosos y nocivos: los que convencidos de la vida de ultratumba, de la resurrección de la carne, atormentan, como inquisidores que son, a los demás para que, despreciando esta vida como transitoria, se ganen la otra; y los que no creyendo más que en éste...

—Como acaso tú... —le decía yo.

—Y sí, y como don Manuel. Pero no creyendo más que en este mundo esperan no sé qué sociedad futura y se esfuerzan en negarle al pueblo el consuelo de creer en otro...

—De modo que...

—De modo que hay que hacer que vivan de la ilusión.

Veintiuno

El pobre cura que llegó a sustituir a don Manuel en el curato entró en Valverde de Lucerna abrumado por el recuerdo del santo y se entregó a mi hermano y a mí para que le guiásemos. No quería sino seguir las huellas del santo. Y mi hermano le decía: «Poca teología, ¿eh?, poca teología; religión, religión.» Y yo al oírselo me sonreía, pensando si es que no era también teología lo nuestro.

Yo empecé entonces a temer por mi pobre hermano. Desde que se nos murió don Manuel no cabía decir que viviese. Visitaba a diario su tumba y se pasaba horas muertas contemplando el lago. Sentía morriña de la paz verdadera.

—No, hermana, no temas. Es otro el lago que me llama; es otra la montaña. No puedo vivir sin él.

—No mires tanto al lago —le decía yo.

—¿Y el contento de vivir, Lázaro, el contento de vivir?

—Eso para otros pecadores, no para nosotros, que le hemos visto la cara a Dios, a quienes nos ha mirado con sus ojos el sueño de la vida.

—Qué, ¿te preparas a ir a ver a don Manuel?

—No, hermana, no; ahora y aquí en casa, entre nosotros solos, toda la verdad, por amarga que sea, amarga como el mar a que van a parar las aguas de este dulce lago, toda la verdad para ti, que estás abroquelada contra ella...

—¡No, no, Lázaro; ésa no es la verdad!

—La mía, sí.

—La tuya, pero ¿y la de...?

—También la de él.

—¡Ahora no, Lázaro; ahora no! Ahora cree otra cosa, ahora cree...

—Mira, Angela, una de las veces en que al decirme don Manuel que hay cosas que aunque se las diga uno a sí mismo debe callárselas a los demás, le repliqué que me decía eso por decírselas a él, esas mismas, a sí mismo, acabó confesándome que creía que más de uno de los grandes santos, acaso el mayor, había muerto sin creer en la otra vida.

—¿Es posible?

—¡Y tan posible! Y ahora, hermana, cuida que no sospechen siquiera aquí, en el pueblo, nuestro secreto...

—¿Sospecharlo? —le dije—. Si intentase, por locura, explicárselo, no lo entenderían. El pueblo no entiende de palabras; el pueblo no ha entendido más que vuestras obras. Querer exponerles eso sería como leer a unos niños de ocho años unas páginas de Santo Tomás de Aquino... en latín.

—Bueno, pues cuando yo me vaya, reza por mí y por él y por todos.

Y por fin le llegó también su hora. Una enfermedad que iba minando su robusta naturaleza pareció exacerbársele con la muerte de don Manuel.

—No siento tanto tener que morir —me decía en sus últimos días—, como que conmigo se muere otro pedazo del alma de don Manuel. Pero lo demás de él vivirá contigo. Hasta que un día hasta los muertos nos moriremos del todo.

Cuando se hallaba agonizando entraron, como se acostumbra en nuestras aldeas, los del pueblo a verle agonizar; y encomendaban su alma a don Manuel, a San Manuel Bueno, el mártir. Mi hermano no les dijo nada, no tenía ya nada que decirles; les de-

jaba dicho todo, todo lo que queda dicho.
Era otra laña más entre las dos Valverdes
de Lucerna, la del fondo del lago y la que
en su sobrehaz se mira; era ya uno de nuestros muertos de vida, uno también, a su
modo, de nuestros santos.

Veintidós

Quedé más que desolada, pero en mi pueblo y con mi pueblo. Y ahora, al haber perdido a mi San Manuel, al padre de mi alma, y a mi Lázaro, mi hermano aún más que carnal, espiritual, ahora es cuando me doy cuenta de que he envejecido y de cómo he envejecido. Pero ¿es que los he perdido?, ¿es que he envejecido?, ¿es que me acerco a mi muerte?

¡Hay que vivir! Y él me enseñó a vivir, él nos enseñó a vivir, a sentir la vida, a sentir el sentido de la vida, a sumergirnos en el alma de la montaña, en el alma del lago, en el alma del pueblo de la aldea, a perdernos en ellas para quedar en ellas. El me enseñó con su vida a perderme en la vida del pueblo de mi aldea, y no sentía yo más

75

pasar las horas y los días y los años, que no sentía pasar el agua del lago. Me parecía como si mi vida hubiese de ser siempre igual. No me sentía envejecer. No vivía yo ya en mí, sino que vivía en mi pueblo y mi pueblo vivía en mí. Yo quería decir lo que ellos, los míos, decían sin querer. Salía a la calle, que era la carretera, y como conocía a todos, vivía en ellos y me olvidaba de mí, mientras que en Madrid, donde estuve alguna vez con mi hermano, como a nadie conocía, sentíame en terrible soledad y torturada por tantos desconocidos.

Y ahora, al escribir esta memoria, esta confesión íntima de mi experiencia de la santidad ajena, creo que don Manuel Bueno, que mi San Manuel y que mi hermano Lázaro se murieron creyendo no creer lo que más nos interesa, pero sin creer creerlo, creyéndolo en una desolación activa y resignada.

Pero ¿por qué —me he preguntado muchas veces— no trató don Manuel de convertir a mi hermano también con un engaño, con una mentira, fingiéndose creyente sin serlo? Y he comprendido que fue porque comprendió que no le engañaría, que para con él no le serviría el engaño, que sólo con la verdad, con su verdad, le convertiría; que no habría conseguido nada si hubiese pretendido representar para con él una comedia —tragedia más bien—, la que

representaba para salvar al pueblo. Y así
le ganó, en efecto, para su piadoso fraude;
así le ganó con la verdad de muerte a la razón de vida. Y así me ganó a mí, que nunca
dejé transparentar a los otros su divino, su
santísimo juego. Y es que creía y creo que
Dios Nuestro Señor, por no sé qué sagrados
y no escudriñados designios, les hizo creerse incrédulos. Y que acaso en el acabamiento de su tránsito se les cayó la venda. Y yo,
¿creo?

Veintitrés

Y al escribir esto ahora, aquí, en mi vieja casa materna, a mis más que cincuenta años, cuando empiezan a blanquear con mi cabeza mis recuerdos, está nevando, nevando sobre el lago, nevando sobre la montaña, nevando sobre las memorias de mi padre, el forastero; de mi madre, de mi hermano Lázaro, de mi pueblo, de mi San Manuel, y también sobre la memoria del pobre Blasillo, de mi Blasillo, y que él me ampare desde el cielo. Y esta nieve borra esquinas y borra sombras, pues hasta de noche la nieve alumbra. Y yo no sé lo que es verdad y lo que es mentira, ni lo que vi y lo qué sólo soñé —o mejor lo que soñé y lo que sólo vi—, ni lo que supe ni lo que creí. Ni sé si estoy traspasando a este papel, tan blanco como la nieve, mi conciencia, que en él se ha de quedar, quedándome yo sin ella. ¿Para qué tenerla ya...?

¿Es que sé algo?, ¿es que creo algo? ¿Es que esto que estoy aquí contando ha pasado y ha pasado tal y como lo cuento? ¿Es que pueden pasar estas cosas? ¿Es que todo esto es más que un sueño soñado dentro de otro sueño? ¿Seré yo, Angela Carballino, hoy cincuentona, la única persona que en esta aldea se ve acometida de estos pensamientos extraños para los demás? ¿Y éstos, los otros, los que me rodean, creen? ¿Qué es eso de creer? Por lo menos, viven. Y ahora creen en San Manuel Bueno, mártir, que sin esperar la inmortalidad los mantuvo en la esperanza de ella.

Parece que el ilustrísimo señor obispo, el que ha promovido el proceso de beatificación de nuestro santo de Valverde de Lucerno, se propone escribir su vida, una especie de manual del perfecto párroco, y recoge para ello toda clase de noticias. A mí me las ha pedido con insistencia, ha tenido entrevistas conmigo, le he dado toda clase de datos, pero me he callado siempre el secreto trágico de don Manuel y de mi hermano. Y es curioso que él no lo haya sospechado. Y confío en que no llegue a su conocimiento todo lo que en esta memoria dejo consignado. Les temo a las autoridades de la tierra, a las autoridades temporales, aunque sean las de la Iglesia.

Pero aquí queda esto, y sea de su suerte lo que fuere.

Veinticuatro

¿Cómo vino a parar a mis manos este documento, esta memoria de Angela Carballino? He aquí algo, lector, algo que debo guardar en secreto. Te la doy tal y como a mí ha llegado, sin más que corregir pocas, muy pocas particularidades de ·redacción. ¿Que se parece mucho a otras cosas que yo he escrito? Esto nada prueba contra su objetividad, su originalidad. ¿Y sé yo, además, si no he creado fuera de mí seres reales y efectivos, de alma inmortal? ¿Sé yo si aquel Augusto Pérez, el de mi nivola *Niebla*, no tenía razón al pretender ser más real, más objetivo que yo mismo, que pretendía haberlo inventado? De la realidad de este San Manuel Bueno, mártir, tal como me lo ha revelado su discípula e hija espiritual Angela Carballino, de esta realidad no se me ocurre dudar. Creo en ella más que creía el mismo santo; creo en ella más que creo en mi propia realidad.

Y ahora, antes de cerrar este epílogo, quiero recordarte, lector paciente, el versillo noveno de la Epístola del olvidado apóstol San Judas — ¡lo que hace un hombre! —, donde se nos dice cómo mi celestial patrono, San Miguel Arcángel — Miguel quiere decir: «¿Quién como Dios?», y arcángel, archimensajero—, disputó con el Diablo —Diablo quiere decir acusador fiscal— por el cuerpo de Moisés y no toleró que se lo llevase en juicio de maldición, sino que le dijo al Diablo: «El Señor te reprenda.» Y el que quiera entender, que entienda.

Quiero también, ya que Angela Carballino mezcló a su relato sus propios sentimientos, ni sé qué otra cosa quepa, comentar yo aquí lo que ella dejó dicho de que, si don Manuel y su discípulo Lázaro hubiesen confesado al pueblo su estado de creencia, éste, el pueblo, no los habría entendido. Ni los habría creído, añado yo. Habrían creído a sus obras y no a sus palabras, porque las palabras no sirven para apoyar las obras, sino que las obras se bastan. Y para un pueblo como el de Valverde de Lucerna no hay más confesión que la conducta. Ni sabe el pueblo qué cosa es fe, ni acaso le importa mucho.

Bien sé que en lo que se cuenta en este relato, si se quiere novelesco —y la novela es la más íntima historia, la más verdadera, por lo que no me explico que haya quien se indigne de que se llame novela al Evangelio, lo que es elevarlo, en realidad, sobre un cronicón cualquiera—, bien sé que en lo que se cuenta en este relato no pasa nada; mas espero que sea porque en ello todo se queda, como se quedan los lagos y las montañas y las santas almas sencillas, asentadas más allá de la fe y de la desesperación, que en ellos, en los lagos y las montañas, fuera de la historia, en divina novela, se cobijaron.

Salamanca, noviembre de 1930

Cómo se hace una novela

Mihi quaestio factus sum
A. Augustini, *Confessiones*

(Lib. x, c. 33, n. 50.)

Cuando escribo estas líneas, a fines del mes de mayo de 1927, cerca de mis sesenta y tres y aquí, en Hendaya, en la frontera misma, en mi nativo país vasco, a la vista tantálica de Fuenterrabía, no puedo recordar sin un escalofrío de congoja aquellas infernales mañanas de mi soledad de París, en el invierno, del verano de 1925, cuando en mi cuartito de la pensión del número 2 de la rue Laperouse me consumía devorándome al escribir el relato que titulé «Cómo se hace una novela». No pienso volver a pasar por experiencia íntima más trágica. Revivíanme para torturarme con la sabrosa tortura —de «dolor sabroso» habló Santa Teresa— de la producción desesperada, de la producción que busca salvarnos en la obra, todas las horas que me dieron «El sentimiento trágico de la vida». Sobre mí pesaba mi vida toda, que era y es mi muerte. Pesaban sobre mí no sólo mis sesenta años de vida individual física, sino más, mucho más que ellos; pesaban sobre mí siglos de una silenciosa tradición recogidos en el más recóndito rincón de mi alma; pesaban sobre mí inefables recuerdos inconscientes de ultra-cuna. Porque nuestra desesperada esperanza de una vida personal de ultratumba se alimenta y medra de esa vaga remembranza de nuestro arraigo en la eternidad de la historia.

¡Qué mañanas aquellas de mi soledad parisiense! Después de haber leído, según costumbre, un capítulo del Nuevo Testamento, el que me tocara en turno, me ponía a aguardar y no sólo a aguardar, sino a esperar, la correspondencia de mi casa y de mi patria.

Una vez escritas, bastante de prisa y febrilmente, las cuartillas de «Cómo se hace una novela» se las leí a Ventura García Calderón, peruano, primero, y a Juan Cassou, francés —y tanto español como francés—, después, y se las di a éste para que las tradujera al francés y se publicasen en alguna revista francesa. No quería que apareciese primero el texto original español por varias razones. Y así fue, que una vez traducido por Cassou mi trabajo se publicó con el tí-

tulo de Comment on fait un roman *y precedido de un* Portrait d'Unamuno, *del mismo
Cassou, en el número del 15 de mayo de
1926 (N.º 670, 37ᵉ année, tome CLXXXVIII)
de la vieja revista* Mercure de France. *Cuando apareció esta traducción me encontraba
yo ya aquí, en Hendaya, adonde había llegado a fines de agosto de 1925 y donde me
he quedado en vista del empeño que puso
la tiranía pretoriana española en que el go-
bierno de la República francesa me alejase
de la frontera, a cuyo efecto llegó a visitar-
me de parte de Mr. Painlevé, presidente entonces del Gabinete francés, el prefecto de
los Bajos Pirineos, que vino al propósito
desde Pau, no consiguiendo, como era natural, convencerme de que debía alejarme
de aquí.
Al salir yo de París, Cassou estaba tradu-
ciendo mi trabajo, y después que lo tradujo
y envió al* Mercure *no le reclamé el original
mío, mis primitivas cuartillas escritas a
pluma —no empleo nunca la mecanogra-
fía—, que se quedó en su poder. Y ahora,
cuando al fin me resuelvo a publicarlo en
mi propia lengua, en la única en que sé desnudar mi pensamiento, no quiero recobrar
el texto original. Ni sé con qué ojos volvería a ver aquellas agoreras cuartillas que
llené en el cuartito de la soledad de mis
soledades de París. Prefiero retraducir de
la traducción francesa de Cassou y es lo*

que me propongo hacer ahora. Pero ¿es hacedero que un autor retraduzca una traducción que de alguno de sus escritos se haya hecho a otra lengua? Es una experiencia más que de resurrección, de muerte, o acaso de remortificación. O mejor de rematanza.

Eso que se llama en literatura producción es un consumo, o más preciso: una consunción. El que pone por escrito sus pensamientos, sus ensueños, sus sentimientos, los va consumiendo, los va matando. En cuanto un pensamiento nuestro queda fijado por la escritura, expresado, cristalizado, queda ya muerto, y no es más nuestro que será un día bajo tierra nuestro esqueleto. La historia, lo único vivo, es el presente eterno, el momento huidero que se queda pasando, que pasa quedándose, y la literatura no es más que muerte. Muerte de que otros pueden tomar vida. Porque el que lee una novela puede vivirla, revivirla —y quien dice una novela dice una historia—, y el que lee un poema, una criatura —poema es criatura y poesía creación— puede recrearlo. Entre ellos el autor mismo. Y ¿es que siempre un autor, al volver a leer una pasada obra suya, vuelve a encontrar la eternidad de aquel momento pasado que hace el presente eterno? ¿No te ha ocurrido nunca, lector, ponerte a meditar a la vista de un retrato tuyo, de ti mismo, de hace veinte o treinta años? El presente eterno es el misterio trágico, es la tragedia misteriosa de nuestra vida histórica o espiritual. Y he aquí por qué es trágica tortura la de querer rehacer lo ya hecho, que es deshecho. En lo que entra retraducirse a sí mismo. Y sin embargo...

Sí, necesito para vivir, para revivir, para asirme de ese pasado que es toda mi realidad venidera, necesito retraducirme. Y voy a retraducirme. Pero como al hacerlo he de vivir mi historia de hoy, mi historia desde el día en que entregué mis cuartillas a Juan Cassou, me va a ser imposible mantenerme fiel a aquel momento que pasó. El texto, pues, que dé aquí, disentirá en algo del que, traducido al francés, apareció en el número de 15 de mayo de 1926 del Mercure de France. Ni deben interesar a nadie las discrepancias. Como no sea a algún erudito futuro.

Como en el Mercure mi trabajo apareció precedido de una especie de prólogo de Cassou titulado Portrait d'Unamuno, voy a traducir éste y a comentarlo luego brevemente.

Retrato de Unamuno, por Jean Cassou

San Agustín se inquieta por una especie de frenética angustia al concebir lo que podía haber sido antes del despertar de su conciencia. Más tarde se asombra de la muerte de un amigo que había sido otro él mismo. No me parece que Miguel de Unamuno, que se detiene en todos los puntos de sus lecturas, haya citado jamás estos dos pasajes. Se reencontraría en ellos, sin embargo. Hay de San Agustín en él, y de Juan Jacobo, de todos los que absortos en la contemplación de su propio milagro no pueden soportar el no ser eternos.

El orgullo de limitarse, de recoger a lo íntimo de la propia existencia la creación entera, está contradicho por estos dos insondables y revolvientes misterios: un nacimiento y una muerte que repartimos con otros seres vivientes y por lo que entramos en un destino común. Es este drama único el que ha explorado en todos sentidos y en todos los tonos la obra de Unamuno.

Sus ventajas y sus vicios, su soledad imperiosa, una avaricia necesaria y muy del terruño —de la tierra vasca—, la envidia, hija de aquel Caín cuya sombra, según un poema de Machado, se extiende sobre la desolación del desierto castellano; cierta pasión que algunos llaman amor y que es para él una necesidad terrible de propagar esta carne de que se asegura que ha de resucitar en el último día —consuelo más cierto que el que nos trae la idea de la inmortalidad del espíritu—; en una palabra, todo un mundo absorbente y muy de él, con virtudes cardinales y pecados, que no son del todo los de la teología ortodoxa..., hay que penetrar en ello; es esta humanidad la que confiesa, la que no cesa de confesar, de clamar y proclamar, pensando así conferirla una existencia que no sufra la ley ordinaria, hacer de ella una creación de la que no sólo no se perdería nada, sino que su agregación misma quedase permanente, sustancia y forma, organización divina, deificación, apoteosis.

Por estos perpetuos análisis y sublimación de sí, Miguel de Unamuno atestigua su

eternidad: es eterno como toda cosa es en
él eterna, como lo son los hijos de su espíritu, como aquel personaje de *Niebla* que
viene a echarle en cara el grito terrible de:
« ¡Don Miguel, no quiero morir! », como
Don Quijote más vivo que el pobre cadáver
llamado Cervantes, como España, no la de
los príncipes, sino la suya, la de don Miguel, que transporta consigo en sus destie-
rros, que hace día a día y de que hace en
cada uno de sus escritos, la lengua y el pensar, y de la que puede en fin decir que es
su hija y no su madre.

A Shakespeare, a Pascal, a Nietzsche, a
todos los que han intentado retener a su
trágica aventura personal un poco de esta
humanidad que se escurre tan vertiginosa-
mente, viene a añadir Miguel de Unamuno
su experiencia y su esfuerzo. Su obra no
palidece al lado de esos nobles nombres:
significa la misma avidez desesperada.

No puede admitir la suerte de Polonio y
que Hamlet arrastrando su andrajo por los
sobacos lo eche fuera de la escena: « ¡Vamos, venga, señor! » Protesta. Su protesta
sube hasta Dios, no a esa quimera fabricada
a golpes de abstracciones alejandrinas por
metafísicos ebrios de logomaquia, sino al
Dios español, al Cristo de ojos de vidrio,
de pelo natural, de cuerpo articulado, hecho de tierra y de palo, sangriento, vestido,

en que una faldilla bordada en oro disimula las vergüenzas, que ha vivido entre las cosas familiares y que, como dijo Santa Teresa, se le encuentra hasta en el puchero.

Tal es la agonía de don Miguel de Unamuno, hombre en lucha, en lucha consigo mismo, con su pueblo y contra su pueblo, hombre hostil, hombre de guerra civil, tribuno sin partidarios, hombre solitario, desterrado, salvaje, orador en el desierto, provocador, vano, engañoso, paradójico, inconciliable, irreconciliable, enemigo de la nada y a quien la nada trae y devora, desgarrado entre la vida y la muerte, muerto y resucitado a la vez, invencible y siempre vencido.

*

No le gustaría que en un estudio consagrado a él se hiciera el esfuerzo de analizar sus ideas. De los dos capítulos de que se compone habitualmente este género de ensayos —el Hombre y sus ideas— no logra concebir más que el primero. La ideocracia es la más terrible de las dictaduras que ha tratado de derribar. Vale más en un estudio del hombre conceder un capítulo a sus palabras que no a sus ideas. «Los sentidos —ha dicho Pascal antes que Buffon— reciben de las palabras su dignidad en vez de dársela» [1]. Unamuno no tiene ideas: es él mismo, las ideas que le dan los otros se hacen en él, al azar de los encuentros, al azar de sus paseos por Salamanca, donde encuentra a Cervantes y a Fray Luis de León, al azar de esos viajes espirituales que le llevan a Port Royal, a Atenas o a Copenhague, patria de Sören Kierkegaard, al azar de ese viaje real que le trajo a París donde se mezcló, inocentemente y sin asombrarse ni un momento, a nuestro carnaval.

Esta ausencia de ideas, pero este perpetuo monólogo en que todas las ideas del mundo se mejen para hacerse problema personal, pasión viva, prueba hirviente, patético egoísmo, no ha dejado de sorprender a los franceses, grandes amigos de conversaciones o cambios de ideas, prudente dialéctica, tras de la cual se conviene en que la inquietud individual se vele cortésmente hasta olvidarse y perderse; grandes amigos

---

[1] El corolario de este pensamiento: «Las palabras alineadas de otro modo dan un sentido diverso y los sentidos diversamente alineados hacen un efecto diferente», ha sido comentado en todas las ediciones clásicas Hachette, la grande y la pequeña, por estos ejemplos que da un profesor: «Tal la diferencia entre *grand homme* y *homme grand, galant homme* y *homme galant*, etc., etc.». Mas esta monstruosa tontería no indignará a Unamuno, profesor él mismo —otra contradicción de este hombre amasado con antítesis—, pero que profesa ante todo el odio a los profesores.

también de interviús y de encuestas en que
el espíritu cede a las sugestiones de un periodista que conoce bien a su público y sabe
los problemas generales y muy de actualidad a que es absolutamente preciso dar una
respuesta, los puntos sobre que es oportuno hacer nacer escándalo y aquellos al contrario que exigen una solución apaciguadora. Pero ¿qué tiene que hacer aquí el
soliloquio de un viejo español que no quiere morirse?

Prodúcese en la marcha de nuestra especie una perpetua y entristecedora degra-
dación de energía: toda generación se des-
envuelve con una pérdida más o menos
constante del sentido humano, de lo abso-
luto humano. Tan sólo se asombran de ello
algunos individuos que en su avidez terrible no quieren perder nada, sino, lo que es
más aún, ganarlo todo. Es la cuita de Pascal que no puede comprender que se deje
uno distraer de ello. Es la cuita de los grandes españoles para quienes las ideas y todo
lo que puede constituir una economía provisoria —moral o política— no tiene interés alguno. No tienen economía más que de
lo individual y, por tanto, de lo eterno.
Y así, para Unamuno hacer política es, todavía, salvarse. Es defender su persona,
afirmarla, hacerla entrar para siempre en
la historia. No es asegurar el triunfo de una
doctrina, de un partido, acrecentar el terri-

torio nacional o derribar un orden social.
Así es que Unamuno si hace política no puede entenderse con ningún político. Los de-
cepciona a todos y sus polémicas se pierden
en la confusión, porque es consigo mismo
con quien polemiza. El Rey, el Dictador; de
buena gana haría de ellos personajes de su
escena interior. Como lo ha hecho con el
Hombre Kant o con Don Quijote.

Así es que Unamuno se encuentra en una
continua mala inteligencia con sus contemporáneos. Político para quien las fórmulas
de interés general no representan nada, novelista y dramaturgo a quien hace sonreír
todo lo que se puede contar sobre la obser-
vación de la realidad y el juego de las pa-
siones, poeta que no concibe ningún ideal
de belleza soberana, Unamuno, feroz y sin
generosidad, ignora todos los sitemas, todos los principios, todo lo que es exterior
y objetivo. Su pensamiento, como el de
Nietzsche, es impotente para expresarse en
forma discursiva. Sin llegar hasta a recogerse en aforismos y forjarse a martillazos
es, como la del poeta filósofo, ocasional y
sujeta a las acciones más diversas. Sólo el
suceso personal lo determina, necesita de
un excitante y de una resistencia; es un
pensamiento esencialmente exegético. Unamuno, que no tiene una doctrina propia, no
ha escrito más que libros de comentarios;
comentarios al *Quijote*, comentarios al Cris-

to de Velázquez, comentarios a los discursos de Primo de Rivera. Sobre todo comentarios a todas esas cosas en cuanto afectan a la integridad de don Miguel de Unamuno, a su conservación, a su vida terrestre y futura.

Del mismo modo, Unamuno poeta es por completo poeta de circunstancia —aunque, claro está, que en el sentido más amplio de la palabra—. Canta siempre algo. La poesía no es para él ese ideal de sí misma como podía alimentarlo un Góngora. Pero, tempestuoso y altanero como un proscrito del Risorgimento, Unamuno siente a las veces la necesidad de clamar, bajo forma lírica, sus recuerdos de niñez, su fe, sus esperanzas, los dolores de su destierro. El arte de los versos no es para él una ocasión de abandonarse. Es más bien, por el contrario, una ocasión, más alta sólo y como más necesaria, de redecirse y de recogerse. En las vastas perspectivas de esta poesía oratoria, dura, robusta y romántica, sigue siendo él mismo más poderosamente todavía y como gozoso de ese triunfo más difícil que ejerce sobre la materia verbal y sobre el tiempo.

Nos hemos propuesto el arte como un canon que imitar, una norma que alcanzar o un problema que resolver. Y si nos hemos fijado un postulado no nos agrada que se aparte alguien de él. ¿Admitiremos las obras que escribe este hombre, tan erizadas de desorden al mismo tiempo que ilimitadas y monstruosas, que no se las puede encasillar en ningún género y en las que nos detienen a cada momento intervenciones personales, y con una truculenta y familiar insolencia, el curso de la ficción-filosófica o estética, en que estábamos a punto de ponernos de acuerdo?

Cuéntase de Luis Pirandello, a cuyo idealismo irónico se le han reprochado a menudo ciertos juegos unamunianos, que ha guardado largo tiempo consigo, en su vida cotidiana, a su madre loca. Una aventura parecida le ha ocurrido a Unamuno, que ha vivido su existencia toda en compañía de un loco y el más divino de todos: Nuestro señor Don Quijote. De aquí que Unamuno no pueda sufrir ninguna servidumbre. Las ha rechazado todas. Si este prodigioso humanista, que ha dado la vuelta a todas las cosas conocibles, ha tomado en horror dos ciencias particulares: la pedagogía y la sociología, es, sin duda alguna, a causa de su pretensión de someter la formación del individuo y lo que de más profundo y de menos reductible lleva ello consigo, a una construcción *a priori*. Si se quiere seguir a Unamuno hay que ir eliminando poco a poco de nuestro pensamiento todo lo que no sea su integridad radical, y prepararnos a esos caprichos súbitos, a esas escapadas de lenguaje por las que esa integridad tiene que asegurarse en todo momento de su flexibilidad y de su buen funcionamiento. A nosotros nos parece que no aceptar las reglas es arriesgarnos a caer en el ridículo. Y precisamente Don Quijote ignora este peligro. Y Unamuno quiere ignorarlo. Los conoce todos, salvo ese. Antes de someterse a la menor servidumbre prefiere verse reducido a esa sima resonante de carcajadas.

*

Habiendo apartado de Unamuno todo lo que no es él mismo, pongámonos en el centro de su resistencia: el hombre aparece, formado, dibujado, en su realidad física. Marcha derecho, llevando, a donde quiera que vaya, o donde quiera que se pasee, en aquella hermosa plaza barroca de Salamanca, o en las calles de París, o en los caminos del país vasco, su inagotable monólogo, siempre el mismo, a pesar de la riqueza de las variantes. Esbelto, vestido con el que llama su uniforme civil, firme la cabeza sobre los hombros que no han podido sufrir jamás, ni aun en tiempo de nieve, un sobretodo, marcha siempre hacia adelante indiferente a la calidad de sus oyentes, a la manera de su maestro que discurría ante los pastores como ante los duques, y prosigue el trágico juego verbal del que, por

otra parte, no se deja sorprender. Y ¿no
atribuye también la mayor importancia
trascendental a ese arte de las pajaritas de
papel que es su triunfo? ¿Todo ese conceptismo lo expresarán, lo prolongarán más
esos jugueteos filológicos? Con Unamuno
tocamos al fondo del nihilismo español.
Comprendemos que este mundo depende
hasta tal punto del sueño que ni merece ser
soñado en una forma sistemática. Y si los
filósofos se han arriesgado a ello es sin duda
por un exceso de candor. Es que han sido
presos en su propio lazo. No han visto la
parte de sí mismos, la parte de ensueño personal que ponían en su esfuerzo. Unamuno,
más lúcido, se siente obligado a detenerse
a cada momento para contradecirse y ne-
garse. Porque se muere.

Pero ¿para qué las coyunturas del mundo habrían de haber producido este accidente: Miguel de Unamuno, si no es para
que dure y se eternice? Y balanceado entre
el polo de la nada y el de la permanencia,
sigue sufriendo ese combate de su existencia cotidiana donde el menor suceso reviste
la importancia más trágica: no hay ninguno de sus gestos que pueda someterse a ese
ordenamiento objetivo y convenido por que
reglamos los nuestros. Los suyos están bajo
la dependencia de un más alto deber; re-
fiérelos a su cuita de permanecer.

Y así nada de inútil, nada de perdido en

las horas en medio de las cuales se revuelve, y los instantes más ordinarios, en que nos abandonamos al curso del mundo, él sabe que los emplea en ser él mismo. Jamás le abandona su congoja, ni aquel orgullo que comunica esplendor a todo cuanto toca, ni esa codicia que le impide escurrirse y anonadarse sin conocimiento de ello. Está siempre despierto y si duerme es para recogerse mejor ante el sueño de la vela y gozar de él. Acosado por todos lados por amenazas y embates que sabe ver con una claridad bien amarga, su gesto continuo es el de atraer a sí todos los conflictos, todos los cuidados, todos los recursos. Pero reducido a ese punto extremo de la soledad y del egoísmo, es el más rico y el más humano de los hombres. Pues no cabe negar que haya reducido todos los problemas al más sencillo y el más natural, y nada nos impide mirarnos en él como en un hombre ejemplar: encontraremos la más viva de las emociones. Desprendámonos de lo social, de lo temporal, de los dogmas y de las costumbres de nuestro hormiguero. Va a desaparecer un hombre: todo está ahí. Si rehúsa, minuto a minuto, esa partida, acaso va a salvarnos. A fin de cuentas es a nosotros a quienes defiende defendiéndose.

Jean Cassou

¡Ay, querido Cassou!, con este retrato
me tira usted de la lengua y el lector com-
prenderá que si lo incluyo aquí, traducién-
dolo, es para comentarlo. Ya el mismo
Cassou dice que no he escrito sino comentarios y aunque no entienda muy bien esto
ni acierte a comprender en qué se diferen-
cian de los comentarios los que no lo son,
me aquieto pensando que acaso la *Ilíada*
no es más que un comentario a un episodio
de la guerra de Troya, y la *Divina Comedia*
un comentario a las doctrinas escatológi-
cas de la teología católica medieval y a la
vez a la revuelta historia florentina del siglo XIII y a las luchas del Pontificado y el
Imperio. Bien es verdad que el Dante no
pasó de ser, según los de la poesía pura

—he leído hace poco los comentarios estéti-
cos del abate Bremond—, un poeta de circunstancias. Como los Evangelios y las epís-
tolas paulinianas no son más que escritos
de circunstancias.

Y ahora repasando el Retrato de Cassou
y mirándome, no sin asombro, en él como
en un espejo, pero en un espejo tal que
vemos más el espejo mismo que lo en él
espejado, empiezo por detenerme en eso
de que deteniéndome en todos los puntos
de mis lecturas no me haya detenido nunca
en los dos pasajes que de San Agustín cita
mi retratista. Hace ya muchos años, cerca
de cuarenta, que leí las *Confesiones* del afri-
cano y, cosa rara, no las he vuelto a leer,
y no recuerdo qué efecto me produjeron
entonces, en mi mocedad, esos dos pasajes.
¡Eran tan otros los cuidados que me atosi-
gaban entonces cuando mi mayor cuita era
la de poder casarme cuanto antes con la
que es hoy y será siempre la madre de mis
hijos y por ende mi madre! Sí, gusto detenerme —aunque habría que decir algo más
íntimo y vital y menos estético que gus-
tar—, gusto detenerme no sólo en todos
los puntos de mis lecturas, sino en todos los
momentos que pasan, en todos los momentos por que paso. Se habla por hablar del
libro de la vida, y para los más de los que
emplean esta frase tan preñada de sentido
como casi todas las que llegan a la preemi-

nencia de lugares comunes, eso del libro de la vida, como lo del libro de la naturaleza, no quiere decir nada. Es que los pobrecitos no han comprendido, si es que lo conocen, aquel pasaje del Apocalipsis, del Libro de la Revelación, en que el Espíritu le manda al Apóstol que se coma un libro. Cuando un libro es cosa viva hay que comérselo, y el que se lo come, si a su vez es viviente, si está de veras vivo, revive con esa comida. Pero para los escritores —y lo triste es que ya apenas leen sino los mismos que escriben—, para los escritores un libro no es más que un escrito, no es una cosa sagrada, viviente, revividora, eternizadora, como lo son la Biblia, el Corán, los Discursos de Buda, y nuestro libro, el de España, el *Quijote*. Y sólo pueden sentir lo apocalíptico, lo revelador de comerse un libro los que sienten cómo el Verbo se hizo carne a la vez que se hizo letra y comemos, en pan de vida eterna, eucarísticamente, esa carne y esa letra. Y la letra que comemos, que es carne, es también palabra, sin que ello quiera decir que es idea, esto es: esqueleto. De esqueletos no se vive; nadie se alimenta con esqueletos. Y he aquí por qué suelo detenerme al azar de mis lecturas de toda clase de libros, y entre ellos del libro de la vida, de la historia que vivo, y del libro de la naturaleza, en todos los puntos vitales.

Cuenta el cuarto Evangelio (Juan, VIII,

6-9), y para esto nos salen ahora diciendo
los ideólogos que el pasaje es apócrifo, que
cuando los escribas y fariseos le presenta-
ron a Jesús la mujer adúltera, él, doblegán-
dose a tierra escribió en el polvo de ésta,
sin caña ni tinta, con el dedo desnudo, y
mientras le interrogaban volvió a doble-
garse y a escribir después de haberles dicho
que el que se sintiese sin culpa arrojase el
primero una piedra a la pecadora y ellos,
los acusadores, se fueron en silencio. ¿Qué
leyeron en el polvo sobre que escribió el
Maestro? ¿Leyeron algo? ¿Se detuvieron
en aquella lectura? Yo, por mi parte, me
voy por los caminos del campo y de la ciudad, de la naturaleza y de la historia, tratando de leer, para comentarlo, lo que el
invisible dedo desnudo de Dios ha escrito
en el polvo que se lleva el viento de las
revoluciones naturales y el de las históricas. Y Dios al escribirlo se doblega a tierra.
Y lo que Dios ha escrito es nuestro propio
milagro, el milagro de cada uno de nosotros, San Agustín, Juan Jacobo, Juan Cassou, tú, lector, o yo que escribo ahora con
pluma y tinta este comentario, el milagro
de nuestra conciencia de la soledad y de la
eternidad humanas.

¡La soledad! La soledad es el meollo de
nuestra esencia, y con eso de congregarnos,
de arrebañarnos, no hacemos sino ahondar-
la. Y ¿de dónde si no de la soledad, de

nuestra soledad radical, ha nacido esa envidia, la de Caín, cuya sombra se extiende —bien lo decía mi Antonio Machado— sobre la solitaria desolación del alto páramo castellano? Esa envidia, cuyo poso ha remergido, que no es sino el fruto de la envidia cainita, esa envidia que nace de los rebaños sometidos a ordenanza, esa envidia ha hecho la tragedia de la historia de nuestra España. El español se odia a sí mismo.

Ah, sí, hay una humanidad por dentro de esa otra triste humanidad arrebañada, hay una humanidad que confieso y por la que clamo. ¡Y con qué acierto verbal ha escrito Cassou que hay que darle una «organización divina»!

Es cierto; el Augusto Pérez de mi *Niebla* me pedía que no le dejase morir, pero es que a la vez que yo le oía eso —y se lo oía cuando lo estaba, a su dictado, escribiendo—, oía también a los futuros lectores de mi relato, de mi libro, que mientras lo comían, acaso devorándolo, me pedían que no les dejase morir. Y todos los hombres en nuestro trato mutuo, en nuestro comercio espiritual humano, buscamos no morirnos; yo no morirme en ti, lector que me lees, y tú no morirte en mí que escribo para ti esto. Y el pobre Cervantes, que es algo más que un pobre cadáver, cuando al dictado de Don Quijote escribió el relato de la vida de éste, buscaba no morir. Y a pro-

pósito de Cervantes, no quiero dejar pasar
la coyuntura de decir que cuando nos dice
que sacó la historia del Caballero de un
libro arábigo de Cide Hamete Benengeli,
quiere decirnos que no fue mera ficción de
su fantasía. La ocurrencia de Cide Hamete
Benengeli encierra una profunda lección
que espero desarrollar algún día. Porque
ahora debo pasar, al azar del comentario, a
otra cosa.

A cuando Cassou comenta aquello que yo
he dicho y escrito, y más de una vez de mi
España, que es tanto mi hija como mi madre. Pero mi hija por ser mi madre, y mi
madre por ser mi hija. O sea mi mujer.
Porque la madre de nuestros hijos es nuestra madre y es nuestra hija. ¡Madre e hija!
Del seno desgarrado de nuestra madre salimos, sin conciencia, a ver la luz del sol, el
cielo y la tierra, la azulez y la verdura, y
¡qué mayor consuelo que el poder, en nuestro último momento, reclinar la cabeza en
el regazo conmovido de una hija y morir,
con los ojos abiertos, bebiendo con ellos,
como viático, la verdura eterna de la patria!

Dice Cassou que mi obra no palidece. Gracias. Y es porque es la misma siempre.
Y porque la hago de tal modo que pueda
ser otra para el lector que la lea comién-
dola. ¿Qué me importa que no leas, lector,
lo que yo quise poner en ella si es que lees
lo que te enciende en vida? Me parece ne-

cio que un autor se distraiga en explicar
lo que quiso decir, pues lo que nos importa
no es lo que quiso decir, sino lo que dijo,
o mejor, lo que oímos. Así Cassou me llama,
además de salvaje —y si esto quiere decir
hombre de la selva, me conformo—, paradójico e irreconciliable. Lo de paradójico
me lo han dicho muchas veces y de tal modo que he acabado por no saber qué es lo
que entienden por paradoja los que me lo
han dicho. Aunque paradoja es, como pesimismo, una de las palabras que han llegado
a perder todo sentido en nuestra España
de la conformidad rebañega. ¿Irreconciliable yo? ¡Así se hacen las leyendas! Mas dejemos ahora esto.

Luego me dice Cassou muerto y resucitado a la vez —*mort et ressucité ensemble*—.
Al leer esto de resucitado sentí un escalofrío de congoja. Porque se me hizo presente
lo que se nos cuenta en el cuarto Evangelio
(Juan, XII, 10) de que los sacerdotes tra-
maban matar a Lázaro resucitado porque
muchos de los judíos se iban por él a Jesús
y creían. Cosa terrible ser resucitado y más
entre los que teniendo nombre de vivos están muertos según el Libro de la Revelación
(Ap. III, 1-2). Estos pobres muertos ambu-
lantes y parlantes y gesticulantes y accio-
nantes que se acuestan sobre el polvo en
que escribió el dedo desnudo de Dios, y no
leen nada en él y como nada leen no sueñan.

Ni leen nada tampoco en la verdura del campo. Porque ¿no te has detenido nunca, lector, en aquel abismático momento poético del mismo cuarto Evangelio (Juan VI, 10) donde se nos cuenta cuando seguía una gran muchedumbre a Jesús más allá del lago de Tiberiades, de Galilea, y había que buscar pan para todos y apenas si tenían dinero y Jesús dijo a sus apóstoles: «haced que los hombres se sienten»? Y añade el texto del Libro: «pues había mucha yerba en el lugar». Mucha yerba verde, mucha verdura del campo, allí donde la muchedumbre hambrienta de la palabra del Verbo, del Maestro, había de sentarse para oírle, para comer su palabra. ¡Mucha yerba! No se sentaron sobre el polvo que arremolina el viento, sino sobre la verde yerba a que mece la brisa. ¡Había mucha yerba!

Dice luego Cassou que yo no tengo ideas, pero lo que creo que quiere decir es que las ideas no me tienen a mí. Y hace unos comentarios sugeridos seguramente por cierta conversación que tuve con un periodista francés y que se publicó en *Les Nouvelles Litteraires*. ¡Y cómo me ha pesado después el haber cedido a la invitación de aquella entrevista! Porque, en efecto, ¿qué es lo que podía yo decir a un reportero que conoce a su público y sabe los problemas generales y de actualidad —que son, por ser los menos individuales, a la vez los menos universales y son los de menos eternidad— a que hay que dar una respuesta, los puntos en que es oportuno hacer nacer escándalo y aquellos que exigen una solución apaciguadora? ¡Escándalo! Pero ¿qué escándalo? No aquel escándalo evangélico, aquel de que nos habla el Cristo, diciendo que es menester, que le hay, mas ¡ay de aquel por quien viniere!, no el escándalo satánico o el luzbelino, que es un escándalo arcangélico e infernal, sino el miserable escándalo de las cominerías de los cotarros literarios, de esos mezquinos y menguados cotarros de los hombres de letras que ni saben comerse un libro —no pasan de leerlo— ni saben amasar con su sangre y su carne un libro que se coma, sino escribirlo con tinta y pluma. Tiene razón Cassou, ¿qué tiene que hacer en esas interviús un hombre, español o no, que no quiere morirse y que sabe que el soliloquio es el modo de conversar de las almas que sienten la soledad divina? ¿Y qué le importa a nadie lo que Pedro juzga de Pablo, o la estimación que de Juan hace Andrés?

No, no me importan los problemas que llaman de actualidad y que no lo son. Porque la verdadera actualidad, la siempre actual, es la del presente eterno. Muchas veces en estos días trágicos para mi pobre patria oigo preguntar: «¿Y qué haremos mañana?» No, sino qué vamos a hacer ahora.

O mejor, qué voy a hacer yo ahora, qué va a hacer ahora cada uno de nosotros. Lo presente y lo individual; el ahora y el aquí. En el caso concreto de la actual situación política —o mejor que política, apolítica, esto es, incivil— de mi patria cuando oigo hablar de política futura y de reforma de la Constitución contesto que lo primero es desembarazarnos de la presente miseria, lo primero acabar con la tiranía y enjuiciarla para ajusticiarla. Y lo demás que espere. Cuando el Cristo iba a resucitar a la hija de Jairo se encontró con la hemorroidesa y detúvose con ella, pues era lo del momento; la otra, la muerta, que esperase.

Dice Cassou, generalizándolo por mí, que para los grandes españoles todo lo que puede constituir una economía provisoria —moral o política— no tiene interés alguno, que no tienen economía más que de lo individual, y, por tanto, de lo eterno, que para mí el hacer política es salvarse, defender mi persona, afirmarla, hacerla entrar para siempre en la historia. Y respondo: primero, que lo provisorio es lo eterno, que el aquí es el centro del espacio infinito, el foco de la infinitud, y el ahora el centro del tiempo, el foco de la eternidad; luego, que lo individual es lo universal —en lógica los juicios individuales se asimilan a los universales— y, por tanto, lo eterno, y por último que no hay otra política que la de salvar en la historia a los individuos. Ni el asegurar el triunfo de una doctrina, de un partido, acrecentar el territorio nacional o derribar un orden social vale nada como no sea para salvar las almas de los hombres individuales. Y respondo también que puedo entenderme con políticos —y me he entendido más de una vez con algunos de ellos—, que puedo entenderme con todos los políticos que sienten el valor infinito y eterno de la individualidad. Y aunque se llamen socialistas y precisamente acaso por llamarse así. Y sí, hay que entrar para siempre —*a jamais*— en la historia. ¡Para siempre! El verdadero padre de la historia histórica, de la historia política, el profundo Tucídides —verdadero maestro de Maquiavelo— decía que escribía la historia «para siempre», *eis aei*. Y escribir historia para siempre es una de las maneras, acaso la más eficaz, de entrar para siempre en la historia, de hacer historia para siempre. Y si la historia humana es, como lo he dicho y repetido, el pensamiento de Dios en la tierra de los hombres, hacer historia, y para siempre, es amasar la eternidad. Y por algo decía otro de los más grandes discípulos y continuadores de Tucídides, Leopoldo de Ranke, que cada generación humana está en contacto inmediato con Dios. Y es que el Reino de Dios, cuyo advenimiento piden a diario los corazones sencillos —« ¡venga a nos el tu reino! »—, ese reino que está dentro de nosotros, nos está viniendo momento a momento, y ese reino es la eterna venida de él. Y toda la historia es un comentario del pensamiento de Dios.

¿Comentario? Cassou dice que no he escrito más que comentarios. ¿Y los demás qué han escrito? En el sentido restringido y académico en que Cassou parece querer emplear este vocablo, no sé que mis novelas y mis dramas sean comentarios. Mi *Paz en la guerra*, pongo por caso, ¿en qué es comentario? Ah, sí, comentario a la historia política de la guerra civil carlista de 1873 a 1876. Pero es que hacer comentarios es hacer historia. Como escribir contando cómo se hace una novela es hacerla. ¿Es más que una novela la vida de cada uno de nosotros? ¿Hay novela que sea más novelesca que una auto-biografía?

Quiero pasar de ligero lo que Cassou me dice de ser yo poeta de circunstancia —Dios lo es también— y lo que comenta de mi poesía «oratoria, dura, robusta y romántica». He leído hace poco lo que se ha escrito de la poesía pura —pura como el agua destilada, que es impotable, y destilada en alquitara de laboratorio y no en las nubes que se ciernen al sol y al aire libres—, y en cuanto a romanticismo he concluido por poner este término al lado de los de paradoja y pesimismo, es decir, que no sé ya lo que quiera decir, como no lo saben tampoco los que de él abusan.

A renglón seguido Cassou se pregunta si admitirán mis obras erizadas de desorden, ilimitadas y monstruosas, y a las que no se les pueden encasillar en ningún género —«encasillar», *classer*, y «género», ¡aquí está el toque! — y habla de cuando el lector está a punto de ponerse de acuerdo —*nous metre d'accord*—, con el curso de la ficción que le presento. Pero ¿y para qué tiene el lector que ponerse de acuerdo con lo que el escritor dice? Por mi parte, cuando me pongo a leer a otro no es para ponerme de acuerdo con él. Ni le pido semejante cosa. Cuando alguno de esos lectores impenetrables, de esos que no saben comerse libros ni salirse de sí mismos, me dice después de haber leído algo mío: « ¡no estoy conforme!, ¡no estoy conforme! », le replicó, celando cuanto puedo mi compasión: «y qué nos importa, señor mío, ni a usted ni a mí el que no estemos conformes». Es decir, por lo que a mí hace ni estoy siempre conforme consigo mismo y suelo estarlo con los que no se conforman conmigo. Lo propio de una individualidad viva, siempre presente, siempre cambiante y siempre la misma, que aspira a vivir siempre —y esa aspiración es su esencia— lo propio de una individualidad que lo es, que es y existe, consiste en alimentarse de las

demás individualidades y darse a ellas en
alimento. En esa consistencia se sostiene su
existencia y resistir a ello es desistir de la
vida eterna. Y ya ven Cassou y el lector a
qué juegos dialécticos tan conceptistas
—tan españoles— me lleva el proceso eti-
mológico de ex-sistir, con-sistir, re-sistir y
de-sistir. Y aún falta in-sistir, que dicen algunos que es mi característica: la insistencia. Con todo lo cual creo a-sistir a mis pró-
jimos, a mis hermanos, a mis co-hombres,
a que se encuentren a sí mismos y entren
para siempre en la historia y se hagan su
propia novela. ¡Estar conformes! ¡bah!;
hay animales herbívoros y hay plantas car-
nívoras. Cada uno se sostiene de sus con-
trarios.

Cuando Cassou menciona el rasgo más íntimo, más entrañado, más humano de la
novela dramática que es la vida de Pirandello, el que haya tenido consigo, en su vida
cotidiana, a su madre loca —¡y qué!, ¿iba
a echarla en un manicomio?—, me sentí es-
tremecido, porque ¿no guardo yo, y bien
apretada a mi pecho, en mi vida cotidiana,
a mi pobre madre España loca también?
No a Don Quijote solo, no, sino a España, a
España loca como Don Quijote; loca de dolor, loca de vergüenza, loca de desesperan-
za, y ¿quién sabe?, loca acaso de remordimiento.

En cuanto a Don Quijote, ¡he dicho ya

tanto! ..., ¡me ha hecho decir tanto...! Un
loco, sí, aunque no el más divino de todos.
El más divino de los locos fue y sigue siendo Jesús, el Cristo. Pues cuenta el segundo
Evangelio, el según Marcos (III, 21), que
los suyos —*hoi par'autou*—, los de su casa
y familia, su madre y sus hermanos —como
dice luego el versillo 31—, fueron a recoger-
le diciendo que estaba fuera de sí —*hoti
exeste*—, enajenado, loco. Y es curioso que
el término griego con el que se expresa que
uno está loco sea el de estar fuera de sí,
análogo al latino *ex-sistere*, existir. Y es que
la existencia es una locura y el que existe,
el que está fuera de sí, el que se da, el que
trasciende, está loco. Ni es otra la santa
locura de la cruz. Contra lo cual la cordura,
que no es sino tontería, de estarse en sí, de
reservarse, de recogerse. Cordura de que estaban llenos aquellos fariseos que reprocha-
ban a Jesús y sus discípulos el que arran-
caran espigas de trigo para comérselas, después de trilladas por restrego de las manos,
en sábado, y que curara Jesús a un manco
en sábado, y de quienes dice el tercer Evangelio (Luc. VI, 11) que estaban llenos de de-
mencia o de necedad —*anoias*— y no de
locura. Necios o dementes los fariseos litúr-
gicos y observantes, y no locos. Aunque fa-
riseo empezó siendo aquel Pablo de Tarso,
el descubridor místico de Jesús, a quien el
pretor Festo le dijo dando una gran voz

(*Hechos*, XXVI, 24): «Estás loco, Pablo; las muchas letras te han llevado a la locura». Si bien no empleó el término evangélico de la familia del Cristo, el de que estaba fuera de sí, sino que desbarraba —*mainei*— que había caído en *manía*. Y emplea este mismo vocablo que ha llegado hasta nosotros. San Pablo era para el pretor Festo un maniático; las muchas letras, las muchas lecturas, le habían vuelto el seso, secándoselo o no, como a Don Quijote las de los libros de caballerías.

Y ¿por qué han de ser lecturas las que le vuelvan a uno loco como le volvieron a Pablo de Tarso y a Don Quijote de la Mancha? ¿Por qué ha de volverse uno loco comiendo libros? ¡Hay tantos modos de enloquecer! y otros tantos de entontecerse. Aunque el más corriente modo de entontecimiento proviene de leer libros sin comérselos, de tragar letra sin asimilársela haciéndola espíritu. Los tontos se mantienen —se mantienen en su tontería— con huesos y no con carne de doctrina. Y los tontos son los que dicen: « ¡de mí no se ríe nadie! »

Quisiera no decir nada de los últimos retoques del retrato que me ha hecho Cassou, pero no puedo resistir a cuatro palabras sobre lo del fondo del nihilismo español. Que no me gusta la palabra. *Nihilismo* nos suena, o mejor, nos sabe a ruso, aunque un ruso diría que el suyo fue *niche-*

vismo; nihilismo se le llamó al ruso. Pero *nihil* es palabra latina. El nuestro, el español, estaría mejor llamado *nadismo*, de nuestro abismático vocablo: nada. *Nada*, que significando primero cosa nada o nacida, algo, esto es: todo, ha venido a significar, como el francés *rien*, de *rem = cosa* —y como *persone*— la no cosa, la nonada, la nada. De la plenitud del ser se ha pasado a su vaciamiento.

La vida, que es todo, y que por serlo todo se reduce a nada, es sueño, o acaso sombra de un sueño, y tal vez tiene razón Cassou cuando dice que no merece ser soñada bajo una forma sistemática. ¡Sin duda! El sistema —que es la consistencia— destruye la esencia del sueño y con ello la esencia de la vida. Y en efecto, los filósofos no han visto la parte que de sí mismos, del ensueño que ellos son, han puesto en su esfuerzo por sistematizar la vida y el mundo y la existencia. No hay más profunda filosofía que la contemplación de cómo se filosofa. La historia de la filosofía es la filosofía perenne.

Tengo, por fin, que agradecer a mi Cassou —¿no le he hecho yo, el retratado, el autor del retrato?— que reconozca que a fin de cuentas defendiéndome defiendo a mis lectores y, sobre todo, a mis lectores que se defienden de mí. Y así cuando les cuento cómo se hace una novela, o sea cómo estoy haciendo la novela de mi vida, mi historia,

les llevo a que se vayan haciendo su propia
novela, la novela que es la vida de cada uno
de ellos. Y desgraciados si no tienen novela. Si tu vida, lector, no es una novela, una
ficción divina, un ensueño de eternidad, entonces deja estas páginas, no me sigas leyendo. No me sigas leyendo porque te indi-
gestaré y tendrás que vomitarme sin prove-
cho ni para mí ni para ti.

Y ahora paso a traducir mi relato de cómo se hace una novela. Y como no me es
posible reponerlo sin repensarlo, es decir,
sin revivirlo, he de verme empujado a comentarlo. Y como quisiera respetar lo más
que me sea hacedero al que fui, al de aquel
invierno de 1924 a 1925, en París, cuando le
añada un comentario le pondré encorcheta-
do, entre corchetes, así [   ].
Con esto de los comentarios encorcheta-
dos y con los tres relatos enchufados, unos
en otros que constituyen el escrito, va a pa-
recerle éste a algún lector algo así como esas
cajitas de laca japonesa que encierran otra
cajita y ésta otra y luego otra más, cada una
cincelada y ordenada como mejor el artista
pudo, y al último, una final cajita... vacía.
Pero así es el mundo, y la vida. Comentarios
de comentarios y otra vez más comentarios.
¿Y la novela? Si por novela entiendes, lector, el argumento, no hay novela. O lo que

es lo mismo, no hay argumento. Dentro de la carne está el hueso y dentro del hueso el tuétano; pero la novela humana no tiene tuétano, carece de argumento. Todo son las cajitas, los ensueños. Y lo verdaderamente novelesco es cómo se hace una novela.

Héteme aquí ante estas blancas páginas
—blancas como el negro porvenir: ¡terrible
blancura!— buscando retener el tiempo
que pasa, fijar el huidero hoy, eternizarme
o inmortalizarme en fin, bien que eternidad
e inmortalidad no sean una sola y misma
cosa. Héteme aquí ante estas páginas blancas, mi porvenir, tratando de derramar mi
vida a fin de continuar viviendo, de darme
la vida, de arrancarme a la muerte de cada
instante. Trato, a la vez, de consolarme de
mi destierro, del destierro de mi eternidad,
de este destierro al que quiero llamar mi
des-cielo.

¡El destierro!, ¡la proscripción! y ¡qué
de experiencias íntimas, hasta religiosas, le
debo! Fue entonces allí, en aquella isla de

Fuerteventura, a la que querré eternamente y desde el fondo de mis entrañas, en aquel asilo de Dios, y después aquí, en París, henchido y desbordante de historia humana, universal, donde he escrito mis sonetos, que alguien ha comparado, por el origen y la intención, a los *Castigos* escritos contra la tiranía de Napoleón el Pequeño por Víctor Hugo en su isla de Guernesey. Pero no me bastan, no estoy en ellos con todo mi yo del destierro, me parecen demasiado poca cosa para eternizarme en el presente fugitivo, en este espantoso presente histórico, ya que la historia es la posibilidad de los espantos.

Recibo a poca gente; paso la mayor parte de mis mañanas solo, en esta jaula cercana a la plaza de los Estados Unidos. Después del almuerzo me voy a la Rotonda de Montparnasse, esquina del bulevar Raspail, donde tenemos una pequeña reunión de españoles, jóvenes estudiantes la mayoría, y comentamos las raras noticias que nos llegan de España, de la nuestra y de la de los otros, y recomenzamos cada día a repetir las mismas cosas, levantando, como aquí se dice, castillos en España. A esa Rotonda se le sigue llamando acá por algunos la de Trotski, pues parece que allí acudía, cuando desterrado en París, ese caudillo ruso bolchevique.

¡Qué horrible vivir en la expectativa, ima-

ginando cada día lo que puede ocurrir al
siguiente! ¡Y lo que puede no ocurrir! Me
paso horas enteras, solo, tendido sobre el
lecho solitario de mi pequeño hotel —*family
house*—, contemplando el techo de mi cuarto y no el cielo y soñando en el porvenir de
España y en el mío. O deshaciéndolos. Y no
me atrevo a emprender trabajo alguno por
no saber si podré acabarlo en paz. Como no
sé si este destierro durará todavía tres días,
tres semanas, tres meses o tres años —iba
a añadir tres siglos— no emprendo nada
que pueda durar. Y, sin embargo, nada dura
más que lo que se hace en el momento y
para el momento. ¿He de repetir mi expresión favorita *la eternización de la momen-
taneidad?* Mi gusto innato —¡y tan español!— de las antítesis y del conceptismo me
arrastraría a hablar de la *momentaneiza-
ción de la eternidad*. ¡Clavar la rueda del
tiempo!

[Hace ya dos años y cerca de medio más
que escribí en París estas líneas y hoy las
repaso aquí, en Hendaya, a la vista de mi
España. ¡Dos años y medio más! Cuando
cuitados españoles que vienen a verme me
preguntan refiriéndose a la tiranía: «¿Cuánto durará esto?», les respondo: «lo que us-
tedes quieran».

Y si me dicen: «¡esto va a durar todavía
mucho, por las trazas!» yo: «¿cuánto? ¿cinco años más, veinte?, supongamos que vein-

te; tengo sesenta y tres, con veinte más, ochenta y tres; pienso vivir noventa; ¡por mucho que dure yo duraré más!» Y en tanto a la vista tantálica de mi España vasca, viendo salir y ponerse el sol por las montañas de mi tierra. Sale por ahí, ahora un poco a la izquierda de la Peña de Aya, las Tres Coronas y desde aquí, desde mi cuarto, contemplo en la falda sombrosa de esa montaña la cola de caballo, la cascada de Uramildea. ¡Con qué ansia lleno a la distancia mi vista con la frescura de ese torrente! En cuanto pueda volver a España iré, Tántalo libertado, a chapuzarme en esas aguas de consuelo.

Y veo ponerse el sol, ahora a principios de junio, sobre la estribación del Jaizquibel, encima del fuerte de Guadalupe, donde estuvo preso el pobre general don Dámaso Berenguer, el de las incertidumbres. Y al pie del Jaizquibel me tienta a diario la ciudad de Fuenterrabía —oleografía en la tapa de España— con las ruinas cubiertas de yedra, del castillo del Emperador Carlos I, el hijo de la Loca de Castilla y del Hermoso de Borgoña, el primer Habsburgo de España, con quien nos entró —fue la Contra Reforma— la tragedia en que aún vivimos. ¡Pobre príncipe Don Juan, el ex-futuro Don Juan III, con quien se extinguió la posibilidad de una dinastía española, castiza de verdad!

¡La Campana de Fuenterrabía! Cuando la oigo se me remejen las entrañas. Y así, como en Fuerteventura y en París me di a hacer sonetos, aquí en Hendaya, me ha dado, sobre todo, por hacer romances. Y uno de ellos a la campana de Fuenterrabía, a Fuenterrabía misma campana, que dice:

Si no has de volverme a España,
Dios de la única bondad,
si no has de acostarme en ella,
¡hágase tu voluntad!

Como en el cielo en la tierra
en la montaña y la mar,
Fuenterrabía soñada,
tu campana oigo sonar.

Es el llanto del Jaizquibel,
—sobre él pasa el huracán—
entraña de mi honda España,
te siento en mí palpitar.

Espejo del Bidasoa
que vas a perderte al mar
¡qué de ensueños te me llevas!
a Dios van a reposar.

Campana Fuenterrabía,
lengua de la eternidad,
me traes la voz redentora
de Dios, la única bondad.

¡Hazme, Señor tu campana,
campana de tu verdad,
y la guerra de este siglo
me dé en tierra eterna paz! '

Y volvamos al relato.]

En estas circunstancias y en tal estado de ánimo me dio la ocurrencia, hace ya algunos meses, después de haber leído la terrible *Piel de zapa (Peau de chagrin)*, de Balzac, cuyo argumento conocía y que devoré con una angustia creciente, aquí, en París y en el destierro, de ponerme en una novela que vendría a ser una autobiografía. Pero ¿no son acaso autobiografías todas las novelas que se eternizan y duran eternizando y haciendo durar a sus autores y a sus antagonistas?

En estos días de mediados de julio de 1925 —ayer fue el 14 de julio— he leído las eternas cartas de amor que aquel otro proscrito que fue José Mazzini escribió a Judit Sidoli. Un proscrito italiano, Alcestes de Ambris, me las ha prestado; no sabe bien el servicio que con ello me ha rendido. En una de esas cartas, de octubre de 1834, Mazzini, respondiendo a su Judit que le pedía que escribiese una novela, le decía: «Me es imposible escribirla. Sabes muy bien que no podría separarme de ti, y ponerme en un cuadro sin que se revelara mi amor... Y desde el momento en que pongo mi amor cerca de ti, la novela desaparece.» Yo también he puesto a mi Concha, a la madre de mis hijos, que es el símbolo vivo de mi España, de mis ensueños y de mi porvenir, porque es en esos hijos en quienes he de eternizar-

me, yo también la he puesto expresamente
en uno de mis últimos sonetos y tácitamen-
te en todos. Y me he puesto en ellos. Y además, lo repito, ¿no son, en rigor, todas las
novelas que nacen vivas, autobiográficas y
no es por esto por lo que se eternizan? Y
que no choque mi expresión de nacer vivas,
porque a) se nace y se muere vivo, b) se nace y se muere muerto, c) se nace vivo para
morir muerto y d) se nace muerto para morir vivo.

Sí, toda novela, toda obra de ficción, todo poema, cuando es vivo es autobiográfico.
Todo ser de ficción, todo personaje poético
que crea un autor hace parte del autor mismo. Y si este pone en su poema un hombre
de carne y hueso a quien ha conocido, es
después de haberlo hecho suyo, parte de sí
mismo. Los grandes historiadores son también autobiógrafos. Los tiranos que ha des-
crito Tácito son él mismo. Por el amor y la
admiración que les ha consagrado —se ad-
mira y hasta se quiere aquello a que se exe-
cra y que se combate... ¡Ah, cómo quiso
Sarmiento al tirano Rosas!— se los ha apro-
piado, se los ha hecho él mismo. Mentira la
supuesta impersonalidad u objetividad de
Flaubert. Todos los personajes poéticos de
Flaubert son Flaubert y más que ningún
otro Emma Bovary. Hasta Mr. Homais, que
es Flaubert, y si Flaubert se burla de Mr.

Homais es para burlarse de sí mismo, por compasión, es decir, por amor de sí mismo. ¡Pobre Bouvard! ¡Pobre Pécuchet!

Todas las criaturas son su creador. Y jamás se ha sentido Dios más creador, más padre, que cuando se murió en Cristo, cuando en El, en su Hijo, gustó la muerte.

He dicho que nosotros, los autores, los poetas, nos ponemos, nos creamos en todos los personajes poéticos que creamos, hasta cuando hacemos historia, cuando poetizamos, cuando creamos personas de que pensamos que existen en carne y hueso fuera de nosotros. ¿Es que mi Alfonso XIII de Borbón y Habsburgo-Lorena, mi Primo de Rivera, mi Martínez Anido, mi conde de Romanones, no son otras tantas creaciones mías, partes de mí tan mías como mi Augusto Pérez, mi Pachico Zabalbide, mi Alejandro Gómez y todas las demás criaturas de mis novelas? Todos los que vivimos principalmente de la lectura y en la lectura, no podemos separar de los personajes poéticos o novelescos a los históricos. Don Quijote es para nosotros tan real y efectivo como Cervantes, o más bien éste tanto como aquél. Todo es para nosotros libro, lectura; podemos hablar del Libro de la Historia, del Libro de la Naturaleza, del Libro del Universo. Somos bíblicos. Y podemos decir que en el principio fue el Libro. O la Historia. Porque la Historia comienza con el Libro y no con la

Palabra, y antes de la Historia, del Libro no
había conciencia, no había espejo, no había
nada. La prehistoria es la inconciencia, es
la nada.

[Dice el Génesis que Dios creó el Hombre
a su imagen y semejanza. Es decir, que le
creó espejo para verse en él, para conocer-
se, para crearse.]

Mazzini es hoy para mí como Don Quijote; ni más ni menos. No existe menos que
éste y por tanto no ha existido menos que él.

¡Vivir en la historia y vivir la historia!
Y un modo de vivir la historia es contarla,
crearla en libros. Tal historiador, poeta por
su manera de contar, de crear, de inventar
un suceso que los hombres creían que se
había verificado objetivamente, fuera de sus
conciencias, es decir, en la nada, ha provo-
cado otros sucesos. Bien dicho está que ganar una batalla es hacer creer a los propios
y a los ajenos, a los amigos y a los enemigos,
que se la ha ganado. Hay una leyenda de la
realidad que es la sustancia, la íntima realidad de la realidad misma. La esencia de un
individuo y la de un pueblo es su historia,
y la historia es lo que se llama la filosofía
de la historia, es la reflexión que cada individuo o cada pueblo hacen de lo que les
sucede, de lo que se sucede en ellos. Con
sucesos, sucedidos, se constituyen hechos,
ideas hechas carne. Pero como lo que me
propongo al presente es contar cómo se ha-

ce una novela y no filosofar o historiar, no debo distraerme ya más y dejo para otra ocasión el explicar la diferencia que va de suceso a hecho, de lo que sucede y pasa a lo que se hace y queda.

Se ha dicho de Lenin que en agosto de 1917, un poco antes de apoderarse del poder, dejó inacabado un folleto, muy mal escrito, sobre la Revolución y el Estado, porque creyó más útil y más oportuno experimentar la revolución que escribir sobre ella. Pero ¿es que escribir de la revolución no es también hacer experiencias con ella? ¿Es que Carlos Marx no ha hecho la revolución rusa tanto si es que no más que Lenin? ¿Es que Rousseau no ha hecho la Revolución Francesa tanto como Mirabeau, Danton y Compañía? Son cosas que se han dicho miles de veces, pero hay que repetirlas otros millares para que continúen viviendo, ya que la conservación del universo es, según los teólogos, una creación continua.

[«Cuando Lenin resuelve un gran problema» —ha dicho Radek— «no piensa en abstractas categorías históricas, no cavila sobre la renta de la tierra o la plusvalía ni sobre el absolutismo o el liberalismo; piensa en los hombres vivos, en el aldeano Ssidor de Twer, en el obrero de las fábricas Putiloff o en el policía de la calle, y procura representarse cómo las decisiones que se tomen obrarán sobre el aldeano Ssidor o

sobre el obrero Onufri.» Lo que no quiere
decir otra cosa sino que Lenin ha sido un
historiador, un novelista, un poeta y no un
sociólogo o un ideólogo, un estadista y no
un mero político.]

Vivir en la historia y vivir la historia, hacerme en la historia, en mi España, y hacer
mi historia, mi España, y con ella mi universo, y mi eternidad, tal ha sido y sigue
siempre siendo la trágica cuita de mi destierro. La historia es leyenda, ya lo consa-
bemos —es consabido— y esta leyenda, esta historia me devora y cuando ella acabe
me acabaré yo con ella. Lo que es una tragedia más terrible que aquella de aquel trágico Valentín de *La piel de zapa*. Y no sólo
mi tragedia, sino la de todos los que viven en
la historia, por ella y de ella, la de todos los
ciudadanos, es decir, de todos los hombres
—animales políticos o civiles, que diría Aris-
tóteles— la de todos los que escribimos, la
de todos los que leemos, la de todos los que
lean esto. Y aquí estalla la universalidad, la
omnipersonalidad y la todopersonalidad
—*omnis* no es *totus*—, no la impersonalidad de este relato. Que no es un ejemplo de
ego-ismo sino de *nos-ismo*.

¡Mi leyenda!, ¡mi novela! Es decir, la
leyenda, la novela de mí, Miguel de Unamuno, al que llamamos así, hemos hecho conjuntamente los otros y yo, mis amigos y mis
enemigos, y mi yo amigo y mi yo enemigo.

Y he aquí por qué no puedo mirarme un rato al espejo, porque al punto se me van los ojos tras de mis ojos, tras su retrato, y desde que miro a mi mirada me siento vaciarme de mí mismo, perder mi historia, mi leyenda, mi novela, volver a la inconciencia, al pasado, a la nada. ¡Como si el porvenir no fuese también nada! Y, sin embargo, el porvenir es nuestro todo.

¡Mi novela!, ¡mi leyenda! El Unamuno de mi leyenda, de mi novela, el que hemos hecho juntos mi yo amigo y mi yo enemigo y los demás, mis amigos y mis enemigos, este Unamuno me da vida y muerte, me crea y me destruye, me sostiene y me ahoga. Es mi agonía. ¿Seré como me creo o como se me cree? Y he aquí cómo estas líneas se convierten en una confesión ante mi yo desconocido e inconocible; desconocido e inconocible para mí mismo. He aquí que hago la leyenda en que he de enterrarme. Pero voy al caso de mi novela.

Porque había imaginado, hace ya unos meses, hacer una novela en la que quería poner la más íntima experiencia de mi destierro, crearme, eternizarme bajo los rasgos de desterrado y de proscrito. Y ahora pienso que la mejor manera de hacer esa novela es contar cómo hay que hacerla. Es la nove-

la de la novela, la creación de la creación.
O Dios de Dios, *Deus de Deo*.

Habría que inventar, primero, un personaje central que sería, naturalmente, yo mismo. Y a este personaje se empezaría por darle un nombre. Le llamaría U. Jugo de la Raza; U, es la inicial de mi apellido; Jugo el primero de mi abuelo materno y el del viejo caserío de Galdácano, en Vizcaya, de donde procedía; Larraza es el nombre, vasco también —como Larra, Larrea, Larrazabal, Larramendi, Larraburu, Larraga, Larreta… y tantos más— de mi abuela paterna. Lo escribo la Raza para hacer un juego de palabras —gusto conceptista— aunque Larraza signifique pasto. Y Jugo no sé bien qué, pero no lo que en español jugo.

U. Jugo de la Raza se aburre de una manera soberana —y, ¡qué aburrimiento el de un soberano!— porque no vive ya más que en sí mismo, en el pobre yo de bajo la historia, en el hombre triste que no se ha hecho novela. Y por eso le gustan las novelas. Le gustan y las busca para vivir en otro, para ser otro, para eternizarse en otro. Es por lo menos lo que él cree, pero en realidad busca las novelas a fin de descubrirse, a fin de vivir en sí, de ser él mismo. O más bien a fin de escapar de su yo desconocido e inconocible hasta para sí mismo.

U. Jugo de la Raza, errando por las orillas del Sena, a lo largo de los muelles, entre

los puestos de librería de viejo, da con una
novela que apenas ha comenzado a leerla
antes de comprarla, le gana enormemente,
le saca de sí, le introduce en el personaje
de la novela —la novela de una confesión
autobiográfico-romántica— le identifica con
aquel otro, le da una historia, en fin. El
mundo grosero de la realidad del siglo desaparece a sus ojos. Cuando por un instante,
separándolos de las páginas del libro, los
fija en las aguas del Sena, paréceles que esas
aguas no corren, que son las de un espejo
inmóvil y aparta de ellas sus ojos horroriza-
dos y los vuelve a las páginas del libro, de la
novela, para encontrarse en ellas, para en
ellas vivir. Y he aquí que da con un pasaje,
pasaje eterno, en que lee estas palabras pro-
féticas: «Cuando el lector llegue al fin de
esta dolorosa historia se morirá conmigo.»

Entonces, Jugo de Raza sintió que las letras del libro se le borraban de ante los
ojos, como si se aniquilaran en las aguas del
Sena, como si él mismo se iniquilara; sintió ardor en la nuca y frío en todo el cuerpo,
le temblaron las piernas y apreciósele en el
espíritu el espectro de la angina de pecho
de que había estado obsesionado años antes. El libro le tembló en las manos, tuvo
que apoyarse en el cajón del muelle y al
cabo, dejando el volumen en el sitio de donde lo tomó, se alejó, a lo largo del río, hacia
su casa. Había sentido sobre su frente el

soplo del aletazo del Angel de la Muerte. Llegó a casa, a la casa de pasaje, tendióse sobre la cama, se desvaneció, creyó morir y sufrió la más íntima congoja.

«No, no tocaré más a ese libro, no leeré en él, no lo compraré para terminarlo —se decía—. Sería mi muerte. Es una tontería, lo sé; fue un capricho macabro del autor el meter allí aquellas palabras, pero estuvieron a punto de matarme. Es más fuerte que yo. Y cuando para volver acá he atravesado el puente de Alma — ¡el puente del alma! — he sentido ganas de arrojarme al Sena, al espejo. He tenido que agarrarme al parapeto. Y me he acordado de otras tentaciones parecidas, ahora ya viejas, y de aquella fantasía del suicida de nacimiento que imaginé que vivió cerca de ochenta años queriendo siempre suicidarse y matándose por el pensamiento día a día. ¿Es esto vida? No; no leeré más de ese libro... ni de ningún otro; no me pasearé por las orillas del Sena donde se venden libros.»

Pero el pobre Jugo de la Raza no podía vivir sin el libro, sin aquel libro; su vida, su existencia íntima, su realidad, su verdadera realidad estaba ya definitiva e irrevocablemente unida a la del personaje de la novela. Si continuaba leyéndolo, viviéndolo, corría riesgo de morirse cuando se muriese el personaje novelesco; pero si no lo leía ya, si no vivía ya más el libro, ¿viviría?

Y tras esto volvió a pasearse por las orillas del Sena, pasó una vez más ante el mismo puesto de libros, lanzó una mirada de inmenso amor y de horror inmenso al volumen fatídico, después contempló las aguas del Sena y... ¡venció! ¿O fue vencido? Pasó sin abrir el libro y diciéndose: «¿Cómo seguirá esa historia?, ¿cómo acabará?» Pero estaba convencido de que un día no sabría resistir y de que le sería menester tomar el libro y proseguir la lectura aunque tuviese que morirse al acabarla.

Así es cómo se desarrollaría la novela de mi Jugo de la Raza, mi novela de Jugo de la Raza. Y entre tanto yo, Miguel de Unamuno, novelesco también, apenas si escribía, apenas si obraba por miedo a ser devorado por mis actos. De tiempo en tiempo escribía cartas políticas contra Don Alfonso XIII; pero estas cartas que hacían historia en mi España, me devoraban. Y allá, en mi España, mis amigos y mis enemigos decían que no soy un político, que no tengo temperamento de tal, y menos todavía de revolucionario, que debería consagrarme a escribir poemas y novelas y dejarme de políticas. ¡Como si hacer política fuese otra cosa que escribir poemas y como si escribir poemas no fuese otra manera de hacer política!

Pero lo más terrible es que no escribía

gran cosa, que me hundía en una congojosa
inacción de expectativa, pensando en lo que
haría o diría o escribiría si sucediera esto o
lo otro, soñando el porvenir, lo que equivale, lo tengo dicho, a deshacerlo. Y leía los
libros que me caían al azar en las manos,
sin plan ni concierto, para satisfacer ese terrible vicio de la lectura, el vicio impune de
que habla Valéry Larbaud. Impune. ¡Vamos! ¡Y qué sabroso castigo! El vicio de la
lectura lleva el castigo de muerte continua.

La mayor parte de mis proyectos —y entre ellos el de escribir esto que estoy escribiendo sobre la manera cómo se hace una
novela— quedaban en suspenso. Había publicado mis sonetos aquí, en París, y en España se había publicado mi *Teresa*, escrita
antes de que estallara el infamante golpe de
Estado del 13 de septiembre de 1923, antes
que hubiese comenzado mi historia del destierro, la historia de mi destierro. Y he aquí
que me era preciso vivir en el otro sentido,
¡ganarme mi vida escribiendo! Y aun así...
Crítica, el bravo diario de Buenos Aires, me
había pedido una colaboración bien remu-
nerada; no tengo dinero de sobra, sobre todo viviendo lejos de los míos, pero no lograba poner pluma en papel. Tenía y sigo teniendo en suspenso mi colaboración a *Caras
y caretas*, semanario de Buenos Aires. En
España no quería ni quiero escribir en pe-
riódico alguno ni en revistas.

[Y quiero contar un caso. Que fue que servía en cierto regimiento un mozo despierto y sagaz, avisado e irónico, de carrera civil y liberal, y de los que llamamos de cuota. El capitán de su compañía le temía y le repugnaba, procurando no producirse delante de él, pero una vez se vio llevado a soltar una de esas arengas patrióticas de ordenanza delante de él y de los demás soldados. El pobre capitán no podía apartar sus ojos de los ojos y de la boca del despierto mozo, espiando su gesto, ni ello le dejaba acertar con los lugares comunes de su arenga, hasta que al cabo, azarado y azorado, ya no dueño de sí, se dirigió al soldado diciéndole: «qué, ¿se sonríe usted?», y el mozo: «no, mi capitán, no me sonrío» y entonces el otro: «sí ¡por dentro! »

Como aquí también, en la frontera, he podido enterarme de la perversión radical de la política y de lo que es este instituto de pinches de verdugos. Pero no quiero quemarme más la sangre escribiendo de ello y vuelvo al viejo relato.]

Volvamos, pues, a la novela de Jugo de la Raza, a la novela de su lectura de la novela. Lo que habría que seguir era que un día el pobre Jugo de la Raza, no pudo ya resistir más, fue vencido por la historia, es decir, por la vida, o mejor por la muerte. Al pasar

junto al puesto de libros, en los muelles del
Sena, compró el libro, se lo metió en el bolsillo y se puso a correr a lo largo del río,
hacia su casa, llevándose el libro como se
lleva una cosa robada con miedo de que se
la vuelvan a uno a robar. Iba tan de prisa
que se le cortaba el aliento, le faltaba huelgo y veía reaparecer el viejo y ya casi extin-
guido espectro de la angina de pecho. Tuvo
que detenerse y entonces, mirando a todos
lados, a los que pasaban y mirando sobre
todo a las aguas del Sena, el espejo fluido,
abrió el libro y leyó algunas líneas. Pero
volvió a cerrarlo al punto. Volvía a encontrar lo que, años antes, había llamado la dis-
nea cerebral, acaso la enfermedad X de Mac
Kenzie, y hasta creía sentir un cosquilleo
fatídico a lo largo del brazo izquierdo y entre los dedos de la mano. En otros momentos se decía: «En llegando a aquel árbol me
caeré muerto», y después que lo había pasado, una vocecita, desde el fondo del corazón, le decía: «acaso estás realmente muerto...» Y así llegó a casa.

Llegó a casa, comió tratando de prolongar la comida —prolongarla con prisa—,
subió a su alcoba, se desnudó y se acostó como para dormir, como para morir. El corazón le latía a rebato. Tendido en la cama,
recitó primero un padrenuestro y luego un
avemaría, deteniéndose en: «hágase tu voluntad así en la tierra como en el cielo» y

en «Santa María madre de Dios, ruega por nosotros pecadores ahora y en la hora de nuestra muerte». Lo repitió tres veces, se santiguó y esperó, antes de abrir el libro, a que el corazón se le apaciguara. Sentía que el tiempo le devoraba, que el porvenir de aqulla ficción novelesca le tragaba. El porvenir de aquella criatura de ficción con que se había identificado; sentíase hundirse en sí mismo.

Un poco calmado abrió el libro y reanudó su lectura. Se olvidó de sí mismo por completo y entonces sí que pudo decir que se había muerto. Soñaba al otro, o más bien el otro era un sueño que se soñaba en él, una criatura de su soledad infinita. Al fin despertó con una terrible punzada en el corazón. El personaje del libro acababa de volver a decirle: «Debo repetir a mi lector que se morirá conmigo». Y esta vez el efecto fue espantoso. El trágico lector perdió conocimiento en su lecho de agonía espiritual; dejó de soñar al otro y dejó de soñarse a sí mismo. Y cuando volvió en sí, arrojó el libro, apagó la luz y procuró, después de haberse santiguado de nuevo, dormirse, dejar de soñarse. ¡Imposible! De tiempo en tiempo tenía que levantarse a beber agua; se le ocurrió que bebía en el Sena, el espejo. «¿Estaré loco? —se repetía—, pero no, porque cuando alguien se pregunta si está loco es que no lo está. Y, sin embargo...» Levantóse, prendió fuego en la chimenea y quemó el libro, volviendo en seguida a acostarse. Y consiguió al cabo dormirse.

El pasaje que había pensado para mi novela, en el caso de que la hubiera escrito, y en el que habría de mostrar al héroe quemando el libro, me recuerda lo que acabo de leer en la carta que Mazzini, el gran soñador, escribió desde Grenchen a su Judit el 1.º de mayo de 1835: «Si bajo a mi corazón encuentro allí cenizas y un hogar apagado. El volcán ha cumplido su incendio y no quedan de él más que el calor y la lava que se agitan en su superficie, y cuando todo se haya helado y las cosas se hayan cumplido, no quedará ya nada —un recuerdo indefinible como de algo que hubiera podido ser y no ha sido—, el recuerdo de los medios que deberían haberse empleado para la dicha y que se quedaron perdidos en la inercia de los deseos titánicos rechazados desde el interior sin haber podido tampoco haberse derramado hacia fuera, que han minado el alma de esperanzas, de ansiedades, de votos sin fruto... y después nada.» Mazzini era un desterrado, un desterrado de la eternidad. [Como lo fue antes de él el Dante, el gran proscrito —y el gran desdeñoso; proscritos y desdeñosos también Moisés y San Pablo— y después de él Víctor Hugo. Y todos ellos, Moisés, San Pablo, el Dante, Mazzini, Víctor Hugo y tantos

más aprendieron en la proscripción de su
patria, o buscándola por el desierto, lo que
es el destierro de la eternidad. Y fue desde
el destierro de su Florencia desde donde
pudo ver el Dante cómo Italia estaba sierva
y era hostería del dolor.

Ai serva Italia di dolore ostello.]

En cuanto a la idea de hacer decir a mi
lector de la novela, a mi Jugo de la Raza:
«¿estaré loco?», debo confesar que la mayor confianza que pueda tener en mi sano
juicio me ha sido dada en los momentos en
que observando lo que hacen los otros y lo
que no hacen, escuchando lo que dicen y
lo que callan, me ha surgido esta fugitiva
sospecha de si estaré loco.

Estar loco se dice que es haber perdido
la razón. La razón, pero no la verdad, porque hay locos que dicen las verdades que
los demás callan por no ser ni racional ni
razonable decirlas, y por eso se dice que
están locos. ¿Y qué es la razón? La razón
es aquello en que estamos todos de acuerdo,
todos o por lo menos la mayoría. La verdad
es otra cosa, la razón es social; la verdad,
de ordinario, es completamente individual,
personal e incomunicable. La razón nos une
y las verdades nos separan.

[Mas ahora caigo en la cuenta de que acaso es la verdad la que nos une y son las razones las que nos separan. Y de que toda esa turbia filosofía sobre la razón, la verdad y la locura obedecía a un estado de ánimo de que en momentos de mayor serenidad de espíritu me curo. Y aquí, en la frontera, a la vista de las montañas de mi tierra nativa, aunque mi pelea se ha exacerbado, se me ha serenado en el fondo el espíritu. Y ni un momento se me ocurre que esté loco. Porque si acometo, a riesgo tal vez de vida, a molinos de viento como si fuesen gigantes es a sabiendas de que son molinos de viento. Pero como los demás, los que se tienen por cuerdos, los creen gigantes hay que desengañarles de ello.]

A las veces, en los instantes en que me creo criatura de ficción y hago mi novela, en que me represento a mí mismo, delante de mí mismo, me ha ocurrido soñar o bien que casi todos los demás, sobre todo en mi España, están locos o bien que yo lo estoy y puesto que no pueden estarlo todos los demás que lo estoy yo. Y oyendo los juicios que emiten sobre mis dichos, mis escritos y mis actos, pienso: «¿No será acaso que pronuncio otras palabras que las que me oigo pronunciar o que se me oye pronunciar otras que las que pronuncio?» Y no dejo entonces de acordarme de la figura de Don Quijote.

[Después de esto me ha ocurrido aquí, en Hendaya, encontrar con un pobre diablo que se acercó a saludarme, y que me dijo que en España se me tenía por loco. Resultó después que era policía, y él mismo me lo confesó, y que estaba borracho. Que no es precisamente estar loco.]

Aquí debo repetir algo que creo haber dicho a propósito de nuestro señor Don Quijote, y es preguntar cuál habría sido su castigo si en vez de morir recobrada la razón, la de todo el mundo, perdiendo así su verdad, la suya, si en vez de morir como era necesario habría vivido algunos años más todavía. Y habría sido que todos los locos que había entonces en España —y debió haber habido muchos, porque acababa de traerse del Perú la enfermedad terrible— habrían acudido a él solicitando su ayuda, y al ver que se la rehusaba, le habrían abrumado de ultrajes y tratado de farsante, de traidor y de renegado. Porque hay una turba de locos que padecen de manía persecutoria, la que se convierte en manía perseguidora, y estos locos se ponen a perseguir a Don Quijote cuando éste no se presta a perseguir a sus supuestos perseguidores. Pero ¿qué es lo que habré hecho yo, Don Quijote mío, para haber llegado a ser así el imán de los locos que se creen perseguidos? ¿Por qué se acorren a mí?, ¿por qué me cubren de alabanzas si al fin han de cubrirme de injurias?

[A este mismo mi Don Quijote le ocurrió que después de haber libertado del poder de los cuadrilleros de la Santa Hermandad a los galeotes a quienes les llevaban presos, estos galeotes le apedrearon. Y aunque sepa yo que acaso un día los galeotes han de apedrearme, no por eso cejo en mi empeño de combatir contra el poderío de los cuadrilleros de la actual Santa Hermandad de mi España. No puedo tolerar, y aunque se me tome a locura, el que los verdugos se erijan en jueces y el que el fin de autoridad, que es la justicia, se ahogue con lo que llaman el principio de autoridad, y es el principio del poder, o sea lo que llaman el orden. Ni puedo tolerar que una cuitada y menguada burguesía por miedo pánico —irreflexivo— al incendio comunista —pesadilla de locos de miedo— entregue su casa y su hacienda a los bomberos que se las destrozan más aún que el incendio mismo. Cuando no ocurre lo que ahora en España y es que son los bomberos los que provocan los incendios para vivir de extinguirlos.]

Volvamos una vez más a la novela de Jugo de la Raza, a la novela de su lectura de la novela, a la novela del lector [del lector

actor, del lector para quien leer es vivir lo
que lee]. Cuando se despertó a la mañana
siguiente, en su lecho de agonía espiritual,
encontróse encalmado, se levantó y contempló un momento las cenizas del libro fatídico de su vida. Y aquellas cenizas le pare-
cieron, como las aguas del Sena, un nuevo
espejo. Su tormento se renovó: ¿cómo acabaría la historia? Y se fue a los muelles del
Sena a buscar otro ejemplar sabiendo que
no lo encontraría y porque no había de en-
contrarlo. Y sufrió de no poder encontrar-
lo; sufrió a muerte. Decidió emprender un
viaje por esos mundos de Dios; acaso Este
le olvidara, le dejara su historia. Y por el
momento se fue al Louvre, a contemplar la
Venus de Milo, a fin de librarse de aquella
obsesión, pero la Venus de Milo le pareció
como el Sena y como las cenizas del libro
que había quemado, otro espejo. Decidió
partir, irse a contemplar las montañas y la
mar, y cosas estáticas y arquitectónicas. Y
en tanto se decía: «¿Cómo acabará esa historia?»

Es algo de lo que me decía cuando imagi-
naba ese pasaje de mi novela: «¿Cómo acabará esta historia del Directorio y cuál será
la suerte de la monarquía española y de España?» Y devoraba —como sigo devorándo-
los— los periódicos, y aguardaba cartas de
España. Y escribía aquellos versos del so-

neto LXXVIII de mi *De Fuerteventura a París:*

> Que es la Revolución una comedia
> que el señor ha inventado contra el tedio.

Porque ¿no está hecha de tedio la congoja de la historia? Y al mismo tiempo tenía el disgusto de mis compatriotas.

Me doy perfecta cuenta de los sentimientos que Mazzini expresaba en una carta desde Berna, dirigida a su Judit, del 2 de marzo de 1835: «Aplastaría con mi desprecio y mi mentís, si me dejara llevar de mi inclinación personal, a los hombres que hablan mi lengua, pero aplastaría con mi indignación y mi venganza al extranjero que se permitiese, delante de mí, adivinarlo.» Concibo del todo su «rabioso despecho» contra los hombres, y sobre todo contra sus compatriotas, contra los que le comprendían y le juzgaban tan mal. ¡Qué grande era la verdad de aquella «alma desdeñosa», melliza de la del Dante, el otro gran proscrito, el otro gran desdeñoso!

No hay medio de adivinar, de vaticinar mejor, cómo acabará todo aquello, allá en mi España; nadie cree en lo que dice ser lo suyo; los socialistas no creen en el socialismo, ni en la lucha de clases, ni en la ley férrea del salario y otros simbolismos marxistas; los comunistas no creen en la comunidad [y menos en la comunión]; los conservadores, en la conservación; ni los anarquistas, en la anarquía.

Volvamos a la novela de mi Jugo de la Raza, de mi lector a la novela de su lectura, de mi novela.

Pensaba hacerle emprender un viaje fuera de París, a la rebusca del olvido de la historia; habría andado errante, perseguido por las cenizas del libro que había quemado y deteniéndose para mirar las aguas de los ríos y hasta las de la mar. Pensaba hacerle pasearse, transido de angustia histórica, a lo largo de los canales de Gante y de Brujas, o en Ginebra, a lo largo del lago Leman y pasar, melancólico, aquel puente de Lucerna que pasé yo, hace treinta y seis años, cuando tenía veinticinco. Habría colocado en mi novela recuerdos de mis viajes, habría hablado de Gante y de Ginebra y de Venecia y de Florencia y... a su llegada a una de esas ciudades mi pobre Jugo de la Raza se habría acercado a un puesto de libros y habría dado con otro ejemplar del libro fatídico, y todo tembloroso lo habría comprado y se lo habría llevado a París proponiéndose continuar la lectura hasta que su curiosidad se satisficiese, hasta que hubiese podido prever el fin sin llegar a él, hasta que hubiese podido decir: «Ahora ya se entrevé cómo va a acabar esto.»

[Cuando en París escribía yo esto, hace ya cerca de dos años, no se me podía ocurrir hacerle pasearse a mi Jugo de la Raza más que por Gante y Ginebra y Lucerna y Venecia y Florencia... Hoy le haría pasearse por este idílico país vasco francés que a la dulzura de la dulce Francia une el dulcísimo agrete de mi Vasconia. Iría bordeando las plácidas riberas del humilde Nivelle, entre mansas praderas de esmeralda, junto a Ascain, y al pie del Larrún —otro derivado de *larra,* pasto—, iría restregándose la mirada en la verdura apaciguadora del campo nativo, henchida de silenciosa tradición milenaria, y que trae el olvido de la engañosa historia; iría pasando junto a esos viejos caseríos que se miran en las aguas de un río quieto; iría oyendo el silencio de los abismos humanos.

Le haría llegar hasta San Juan Pie de Puerto, de donde fue aquel singular doctor Huarte de San Juan el del *Examen de Ingenios,* a San Juan Pie de Puerto, de donde el Nive baja a San Juan de Luz. Y allí, en la vieja pequeña ciudad navarra, en un tiempo española y hoy francesa, sentado en un banco de piedra en Eyalaberri, embozado en la paz ambiente, oiría el rumor eterno del Nive. E iría a verlo cuando pasa bajo el puente que lleva a la iglesia. Y el campo circunstante le hablaría en vascuence, en infantil eusquera, le hablaría infantilmente, en balbuceo de paz y de confianza. Y como se le hubiera descompuesto el reló iría a un relojero que al declarar que no sabía vascuence le diría que son las lenguas y las religiones las que separan a los hombres. Como si Cristo y Buda no hubieran dicho a Dios lo mismo, sólo que en dos lenguas diferentes.

Mi Jugo de la Raza vagaría pensativo por aquella calle de la Ciudadela que desde la iglesia sube al castillo, obra de Vauban, y la mayoría de cuyas casas son anteriores a la Revolución, aquellas casas en que han dormido tres siglos. Por aquella calle no pueden subir, gracias a Dios, los autos de los coleccionistas de kilómetros. Y allí, en aquella calle de paz y de retiro, visitaría la *prison des evesques*, la cárcel de los obispos de San Juan, la mazmorra de la Inquisición. Por detrás de ella, las viejas murallas que amparan pequeñas huertecillas enjauladas. Y la vieja cárcel está por detrás, envuelta en hiedra.

Luego mi pobre lector trágico iría a contemplar la cascada que forma el Nive y a sentir cómo aquellas aguas que no son ni un momento las mismas, hacen como un muro. Y un muro que es un espejo. Y espejo

histórico. Y seguiría, río abajo, hacia Uhart-
lize deteniéndose ante aquella casa en cuyo
dintel se lee:

Vivons en paix
Pierre Ezpellet
et Jeanne Iribar
ne. Cons. Annee 8e
1800

Y pensaría en la vida de paz — ¡vivamos en
paz! — de Pedro Ezpeleta y Juana Iribarne
cuando Napoleón estaba llenando al mundo
con el fragor de su historia.

Luego mi Jugo de la Raza, ansioso de beber con los ojos la verdura de las montañas de su patria, se iría hasta el puente de
Arnegui, en la frontera entre Francia y España. Por allí, por aquel puente insignifi-
cante y pobre, pasó en el segundo día de
Carnaval de 1875 el pretendiente don Carlos de Borbón y Este, para los carlistas
Carlos VII, al acabarse la anterior guerra
civil. Y a mí se me arrancó de mi casa para
lanzarme al confinamiento de Fuerteventura en el día mismo, 21 de febrero de 1924,
en que hacía cincuenta años había oído caer
junto a mi casa natal de Bilbao una de las
primeras bombas que los carlistas lanzaron
sobre mi villa. Y allí, en el humilde puente
de Arnegui, podría haberse percatado Jugo
de la Raza de que los aldeanos que habitan
aquel contorno nada saben ya de Carlos VII,

el que pasó diciendo al volver la cara a España: «¡Volveré, volveré!»

Por allí, por aquel mismo puente o por cerca de él, debió de haber pasado el Carlomagno de la leyenda; por allí se va al Roncesvalles donde resonó la trompa de Rolando —que no era un Orlando furioso—, que hoy calla entre aquellas encañadas de sombra, de silencio y de paz. Y Jugo de la Raza uniría en su imaginación, en esa nuestra sagrada imaginación que funde siglos y vastedades de tierra, que hace de los tiempos eternidad y de los campos infinitud, uniría a Carlos VII y a Carlomagno. Y con ellos al pobre Alfonso XIII y al primer Habsburgo de España, a Carlos I el Emperador, V de Alemania, recordando cuando él, Jugo, visitó Yuste y, a falta de otro espejo de aguas, contempló el estanque donde se dice que el emperador, desde un balcón, pescaba tencas. Y entre Carlos VII el Pretendiente y Carlomagno, Alfonso XIII y Carlos I, se le presentaría la pálida sombra enigmática del príncipe don Juan, muerto de tisis en Salamanca antes de haber podido subir al trono, el ex futuro don Juan III, hijo de los Reyes Católicos Fernando e Isabel. Y Jugo de la Raza, pensando en todo esto, camino del puente de Arnegui a San Juan Pie de Puerto, se diría: «¿Y cómo va a acabar todo esto?»]

Pero interrumpo esta novela para volver a la otra. Devoro aquí las noticias que me llegan de mi España, sobre todo las concernientes a la campaña de Marruecos, preguntándome si el resultado de ésta me permitirá volver a mi patria, hacer allí mi historia y la suya; ir a morirme allí. Morirme allí y ser enterrado en el desierto...

¿Y no tendrán algo de razón? ¿No estaré acaso a punto de sacrificar mi yo íntimo, divino, el que soy en Dios, el que debe ser, al otro, al yo histórico, al que se mueve en su historia y con su historia? ¿Por qué obstinarme en no volver a entrar en España? ¿No estoy en vena de hacerme mi leyenda, la que me entierra, además de la que los otros, amigos y enemigos, me hacen? Es que si no me hago mi leyenda me muero del todo. Y si me la hago, también.

Judit Sidoli, escribiendo a su José Mazzini, le hablaba de «sentimientos que se convierten en necesidades», de «trabajo por necesidad material de obra, por vanidad», y el gran proscrito se revolvía contra ese juicio. Poco después, en otra carta —de Grenchen, y del 14 de mayo de 1835— le escribía: «Hay horas, horas solemnes, horas que me despiertan sobre diez años, en que *nos veo;* veo la vida; veo mi corazón y el de los otros, pero en seguida... vuelvo a las ilusiones de la poesía.» La poesía de Mazzini era la historia, su historia, la de Italia, que era su madre y su hija.

¡Hipócrita! Porque yo que soy, de profesión, un ganapán helenista —es una cátedra de griego la que el Directorio hizo la comedia de quitarme reservándomela—, sé que hipócrita significa actor. ¿Hipócrita? ¡No! Mi papel es mi verdad y debo vivir mi verdad, que es mi vida.

Ahora hago el papel de proscrito. Hasta el descuidado desaliño de mi persona, hasta mi terquedad en no cambiar de traje, en no hacérmelo nuevo, dependen en parte —con ayuda de cierta inclinación a la avaricia que me ha acompañado siempre y que cuando estoy solo, lejos de mi familia, no halla contrapeso— dependen del papel que represento. Cuando mi mujer vino a verme, con mis tres hijas, en febrero de 1925, se ocupó de mi ropa blanca, renovó mis vestidos, me proveyó de calcetines nuevos. Ahora están ya todos agujereados, deshechos, acaso para que pueda decirme lo que se dijo Don Quijote, mi Don Quijote, cuando vio que las mallas de sus medias se le habían roto, y fue: « ¡Oh pobreza, pobreza! », con lo que sigue y comenté tan apasionadamente en mi *Vida de Don Quijote y Sancho.*

¿Es que represento una comedia, hasta
para los míos? ¡Pero no!, es que mi vida
y mi verdad son mi papel. Cuando se me
desterró sin que se me hubiera dicho —y
sigo ignorándolo— la causa o siquiera el
pretexto de mi destierro, pedí a los míos, a
mi familia, que ninguno de ellos me acom-
pañara, que me dejasen partir solo.

Pedí que se me dejara solo, y compren-
diéndome y queriéndome de veras —eran
los míos al fin y yo de ellos— dejáronme
solo. Y entonces al final de mi confinamiento en la isla, después que mi hijo mayor
hubo venido con su mujer a juntárseme,
presentóseme una dama —a la que acompañaba, para guardarla acaso, su hija—
que me había puesto casi fuera de mí con
su persecución epistolar. Acaso quería darme a entender que llegaba a hacer conmigo
lo que los míos, mi mujer y mis hijos, no
habían hecho. Esa dama es mujer de letras,
y mi mujer, aunque escriba bien, no lo es.
¿Pero es que esa pobre mujer de letras,
preocupada de su nombre y queriendo acaso unirlo al mío, me quiere más que mi
Concha, la madre de mis ocho hijos y mi
verdadera madre? Mi verdadera madre, sí.
En un momento de suprema, de abismática
congoja, cuando me vio en las garras del
Angel de la Nada, llorar con un llanto sobre-
humano, me gritó desde el fondo de sus
entrañas maternales, sobrehumanas, divi-

nas, arrojándose en mis brazos: « ¡hijo
mío! » Entonces descubrí todo lo que Dios
hizo para mí en esta mujer, la madre de
mis hijos, mi virgen madre, que no tiene
otra novela que mi novela, ella, mi espejo
de santa inconciencia divina, de eternidad.
Es por lo que me dejó solo en mi isla mientras que la otra, la mujer de letras, la de
su novela y no la mía, fue a buscar a mi
lado emociones y hasta películas de cine.

Pero la pobre mujer de letras buscaba lo
que busco, lo que busca todo escritor, todo
historiador, todo novelista, todo político,
todo poeta: vivir en la duradera y permanente historia, no morir. En estos días he
leído a Proust, prototipo de escritores y de
solitarios y ¡qué tragedia la de su soledad!
Lo que le acongoja, lo que le permite son-
dar los abismos de la tragedia humana es
su sentimiento de la muerte, pero de la
muerte de cada instante, es que se siente
morir momento a momento, que diseca el
cadáver de su alma, y ¡con qué minucio-
sidad! ¡A la rebusca del tiempo perdido!
Siempre se pierde el tiempo. Lo que se llama ganar tiempo es perderlo. El tiempo:
he aquí la tragedia.

«Conozco esos dolores de artistas trata-
dos por artistas: son la sombra del dolor
y no su cuerpo», escribía Mazzini a su Judit
el 2 de marzo de 1835. Y Mazzini era un
artista; ni más ni menos que un artista. Un

poeta, y como político, un poeta, nada más que un poeta. Sombra de dolor y no cuerpo. Pero ahí está el fondo de la tragedia novelesca, de la novela trágica de la historia: el dolor es sombra y no cuerpo; el dolor más doloroso, el que nos arranca gritos y lágrimas de Dios es sombra del tedio: el tiempo no es corporal. Kant decía que es una forma *a priori* de la sensibilidad. ¡Qué sueño el de la vida...! ¿Sin despertar?

[Y leo ese número aquí, en mis montañas, que Góngora llamó «del Pirineo la ceniza verde» *(Soledades*, II, 759), y veo que esos jóvenes «mucho Océano y pocas aguas prenden» [II, 75]. Y el océano sin aguas es acaso la poesía pura o culterana. Pero, en fin, «voces de sangre y sangre son del alma» *(Soledades*, II, 119) estas mis memorias, este mi relato de cómo se hace una novela.

Y ved cómo yo, que execro del gongorismo, que no encuentro poesía, esto es, creación, o sea acción, donde no hay pasión, donde no hay cuerpo y carne de dolor humano, donde no hay lágrimas de sangre, me dejo ganar de lo más terrible, de lo más antipoético del gongorismo que es la erudición. «No es sordo el mar; la erudición engaña» *(Soledades*, II, 172), escribió, no pensó, Góngora, y ahí se pinta. Era un erudito, un catedrático de poesía, aquel clérigo cordobés..., ¡maldito oficio!

Y a todo esto me ha traído lo de los dolores de artistas de Mazzini combinado con el homenaje de los jóvenes culteranos de España a Góngora. Pero Mazzini, el de ¡Dios y el Pueblo! , era un patriota, era un ciudadano, era un hombre civil; ¿lo son esos jóvenes culteranos? Y ahora me percato de nuestro grande error de haber puesto la cultura sobre la civilización, o mejor sobre la civilidad. ¡No, no, ante todo y sobre todo la civilidad!]

Y he aquí que por última vez volvemos a la historia de nuestro Jugo de la Raza.

El cual, así que yo le haría volver a París trayéndose el libro fatídico, se propondría el terrible problema de acabar de leer la novela que se había convertido en su vida y morir en acabándola o renunciar a leerla y vivir, vivir, y, por consiguiente, morirse también. Una u otra muerte; en la historia o fuera de la historia. Y yo le habría hecho decir estas cosas en un monólogo que es una manera de darse vida:

«Pero esto no es más que una locura... El autor de esta novela se está burlando de mí... ¿O soy yo quien se está burlando de mí mismo? ¿Y por qué he de morirme cuando acabe de leer este libro y el personaje autobiográfico se muera? ¿Por qué no he de sobrevivirme a mí mismo? Sobrevivirme y examinar mi cadáver. Voy a continuar leyendo un poco hasta que al pobre

Estas palabras que habría puesto en la boca de mi Jugo de la Raza, a saber: que todo el mundo se muere [o en español po- diablo no le quede más que un poco de vida, y entonces cuando haya previsto el fin viviré pensando que le hago vivir. Cuando don Juan Valera, ya viejo, se quedó ciego, se negó a que le operasen y decía: «Si se me opera, pueden dejarme ciego definitiva- mente para siempre, sin esperanza de reco- brar la vista, mientras que si no me dejo operar podré vivir siempre con la esperan- za de que una operación me curaría.» No; no voy a continuar leyendo; voy a guardar el libro al alcance de la mano, a la cabe- cera de mi cama, mientras me duerma y pensaré que podría leerlo si quisiera, pero sin leerlo. ¿Podré vivir así? De todos mo- dos, he de morirme, pues que todo el mun- do se muere...» [La expresión popular es- pañola es que todo dios se muere...]

Y en tanto Jugo de la Raza habría reco- menzado a leer el libro sin terminarlo, le- yéndolo muy lentamente, muy lentamente, sílaba a sílaba, deletreándolo, deteniéndose cada vez una línea más adelante que en la precedente lectura y para recomenzarla de nuevo. Que es como avanzar cien pasos de tortuga y retroceder noventa y nueve, avanzar de nuevo y volver a retroceder en igual proporción y siempre con el espanto del último paso.

pular, que todo dios se muere] son una de
las más grandes vulgaridades que cabe decir, el más común de todos los lugares comunes, y, por tanto, la más paradójica
de las paradojas. Cuando estudiábamos lógica, el ejemplo de los silogismos que se nos
presentaba era: «Todos los hombres son
mortales; Pedro es hombre, luego Pedro es
mortal.» Y había este antisilogismo, el ilógi-
co: «Cristo es inmortal; Cristo es hombre,
luego todo hombre es inmortal.»

[Este antisilogismo cuya premisa mayor
es un término individual, no universal ni
particular, pero que alcanza la máxima universalidad, pues si Cristo resucitó puede
resucitar cualquier hombre, o como se diría en español popular, puede resucitar todo
cristo, ese antisilogismo está en la base de
lo que he llamado el sentimiento trágico
de la vida y hace la esencia de la agonía del
cristianismo. Todo lo cual constituye la divina tragedia.

¡La Divina Tragedia! Y no como el Dante, el creyente medieval, el proscrito gibelino, llamó a la suya: Divina Comedia. La
del Dante era comedia, y no tragedia, porque había en ella esperanza. En el canto
vigésimo del *Paradiso* hay un terceto que
nos muestra la luz que brilla sobre esa comedia. Es donde dice que el reino de los
cielos padece fuerza —según la sentencia

evangélica— de cálido amor y de viva esperanza que vence a la divina voluntad:

Regnum coelorum violenza pate
da caldo amore, e da viva speranza,
che vince la divina volontate.

Y esto es más que poesía pura o que erudición culterana.

¡La viva esperanza vence a la divina voluntad! ¡Creer en esto sí que es fe y fe
poética! El que espere firmemente, lleno de
fe en su esperanza, no morirse, ¡no se morirá...! Y en todo caso los condenados del
Dante viven en la historia, y así, su conde-
nación no es trágica, no es de divina tragedia, sino cómica. Sobre ellos y a pesar de
su condena se sonríe Dios...]

¡Una vulgaridad! Y, sin embargo, el pasaje más trágico de la trágica correspondencia de Mazzini es aquel fechado en 30 de
junio de 1835 en que dice: «Todo el mundo
se muere: Romagnosi se ha muerto, se ha
muerto Pecchio, y Vitorelli, a quien creía
muerto hace tiempo, acaba de morirse.»
Y acaso Mazzini se dijo un día: «Yo, que
me creía muerto, voy a morirme.» Como
Proust.

¿Qué voy a hacer de mi Jugo de la Raza?
Como esto que escribo, lector, es una nove-

la verdadera, un poema verdadero, una
creación, y consiste en decirte cómo se hace
y no cómo se cuenta una novela, una vida
histórica, no tengo por qué satisfacer tu
interés folletinesco y frívolo. Todo lector
que leyendo una novela se preocupa de saber cómo acabarán los personajes de ella
sin preocuparse de saber cómo acabará él,
no merece que se satisfaga su curiosidad.

En cuanto a mis dolores, acaso incomu-
nicables, digo lo que Mazzini el 15 de julio
de 1835 escribía desde Grenchen a su Judit:
«Hoy debo decirte para que no digas, ya
que mis dolores pertenecen a la poesía como tú la llamas, que son tales realmente
desde hace algún tiempo…» Y en otra carta, del 2 de junio del mismo año: «A todo
lo que les es extraño le han llamado poesía;
han llamado loco al poeta hasta volverle
de veras loco; volvieron loco al Tasso, co-
metieron el suicidio de Chatterton y de
otros; han llegado hasta ensañarse con los
muertos, Byron, Foscolo y otros, porque no
siguieron sus caminos. ¡Caiga el desprecio
sobre ellos! Sufriré, pero no quiero rene-
gar de mi alma; no quiero hacerme malo
para complacerles, y me haría malo, muy
malo, si se me arrancara lo que llaman poesía, puesto que, a fuerza de haber prosti-
tuido el nombre de poesía con la *hipocre-*

sía, se ha llegado a dudar de todo. Pero para mí, que veo y llamo a las cosas a mi manera, la poesía es la virtud, es el amor, la piedad, el afecto, el amor de la patria, el infortunio inmerecido, eres tú, es tu amor de madre, es todo lo que hay de sagrado en la tierra...» No puedo continuar escuchando a Mazzini. Al leer eso, el corazón del lector oye caer del cielo negro, de por encima de las nubes amontonadas en tormenta, los gritos de un águila herida en su vuelo cuando se bañaba en la luz del sol.

¡Poesía! ¡Divina poesía! ¡Consuelo que es toda la vida! Sí; la poesía es todo esto. Y es también la política. El otro gran proscrito, el más grande sin duda de todos los ciudadanos proscritos, el gibelino Dante, fue y es y sigue siendo un muy alto y muy profundo, un soberano poeta y un político y un creyente. Política, religión y poesía fueron en él y para él una sola cosa, una íntima trinidad. Su ciudadanía, su fe y su fantasía le hicieron eterno.

[Y ahora, en el número de *La Gaceta Literaria*, en que los jóvenes culteranos de España rinden un homenaje a Góngora y que acabo de recibir y leer, uno de esos jóvenes, Benjamín Jarnés, en un articulito que se titula culteranamente «Oro trillado y néctar exprimido», nos dice que «Góngora no apela al fuego fatuo de la azulada fantasía, ni a la llama oscilante de la pasión, sino a la perenne luz de la tranquila inteligencia.» ¿Y a esto le llaman poesía esos intelectuales? ¿Poesía sin fuego de fantasía ni llama de pasión? ¡Pues que se alimenten de pan hecho con ese oro trillado! Y luego añade que Góngora, no tanto se propuso repetir un cuento bello cuanto inventar un bello idioma. Pero ¿es que hay idioma sin cuento ni belleza de idioma sin belleza de cuento?

Todo ese homenaje a Góngora, por las circunstancias en que se ha rendido, por el estado actual de mi pobre patria, me parece un tácito homenaje de servidumbre a la tiranía, un acto servil y en algunos, no en todos, ¡claro!, un acto de pordiosería. Y toda esa poesía que celebran, no es más que mentira. ¡Mentira, mentira, mentira...! El mismo Góngora era un mentiroso. Oíd cómo empieza sus *Soledades* el que dijo que «la erudición engaña.» Así:

> Era del año la estación florida
> en que el mentido robador de Europa...

¡El mentido! ¿El mentido? ¿Por qué se creía obligado a decirnos que el robo de Europa por Júpiter convertido en toro es una mentira? ¿Por qué el erudito culterano se creía obligado a darnos a entender que eran mentiras sus ficciones? Mentiras y no ficciones. Y es que él, el artista culterano, que era clérigo, sacerdote de la Iglesia Católica Apostólica Romana, ¿creía en el Cristo a quien rendía culto público? ¿Es que al consagrar en la sagrada misa no ejercía de culterano también? Me quedo con la fantasía y la pasión del Dante.]

Existen desdichados que me aconsejan dejar la política. Lo que ellos con un gesto de fingido desdén, que no es más que miedo, miedo de eunucos o de impotentes o de muertos, llaman política y me aseguran que debería consagrarme a mis cátedras, a mis estudios, a mis novelas, a mis poemas, a mi vida. No quieren saber que mis cátedras, mis estudios, mis novelas, mis poemas son política. Que hoy, en mi patria, se trata de luchar por la libertad de la verdad, que es la suprema justicia, por libertar la verdad de la peor de las dictaduras, de la que no dicta nada, de la peor de las tiranías, la de la estupidez y la impotencia, de la fuerza pura y sin dirección. Mazzini, el hijo predilecto del Dante, hizo de su vida un poema, una novela mucho más poética que las de Manzoni, D'Azeglio, Grosi o Guerrazzi. Y la mayor parte y la mejor de las poesías de Lamartine y de Hugo vino de que eran tan poetas como eran políticos. ¿Y los poetas que no han hecho jamás política? Habría que verlo de cerca y en todo caso

non raggionam di lor, ma guarda e passa.

Y hay otros, los más viles, los intelectuales por antonomasia, los técnicos, los sabios, los filósofos. El 28 de junio de 1835, Mazzini escribía a su Judit: «En cuanto a mí, lo dejo todo y vuelvo a entrar en mi individualidad, henchido de amargura por todo lo que más quiero, de disgusto hacia los hombres, de desprecio para con aquellos que recogen la cobardía en los despojos de la filosofía, lleno de altanería frente a todos, pero de dolor y de indignación frente a mí mismo, y al presente y al porvenir. No volveré a levantar las manos fuera del fango de las doctrinas. ¡Que la maldición de mi patria, de la que ha de surgir en el porvenir, caiga sobre ellos! »

¡Así sea! Así sea digo yo de los sabios, de los filósofos que se alimentan en España y de España, de los que no quieren gritos, de los que quieren que se reciba sonriendo los escupitajos de los viles, de los más que viles, de los que se preguntan qué es lo que se va a hacer de la libertad. ¿Ellos? Ellos…, venderla. ¡Prostitutos!

Voy a volver todavía, después de la última vez, después que dije que no volvería a ello, a mi Jugo de la Raza. Me preguntaba si consumido por su fatídica ansiedad, te-

niendo siempre ante los ojos y al alcance
de la mano el agorero libro y no atrevién-
dose a abrirlo y a continuar en él la lectura para prolongar así la agonía que era su
vida, me preguntaba si no le haría sufrir
un ataque de hemiplejía o cualquier otro
accidente de igual género. Si no le haría
perder la voluntad y la memoria o en todo
caso el apetito de vivir, de suerte que olvidara el libro, la novela, su propia vida y se
olvidara de sí mismo. Otro modo de morir
y antes de tiempo. Si es que hay un tiempo
para morirse y se pueda morir fuera de él.

Esta solución me ha sido sugerida por
los últimos retratos que he visto del pobre
Francos Rodríguez, periodista, antiguo republicano y después ministro de don Alfonso. Está hemipléjico. En uno de esos
retratos aparece fotografiado al salir de Palacio, en compañía de Horacio Echevarrieta,
después de haber visto al rey para invitarle
a poner la primera piedra de la Casa de la
Prensa de cuya asociación es Francos presidente. Otro le representa durante la ceremonia a que asistía el rey y a su lado. Su
rostro refleja el espanto vaciado en carne.
Y me he acordado de aquel otro pobre don
Gumersindo Azcárate, republicano también,
a quien ya inválido y balbuciente se le
transportaba a Palacio como un cadáver
vivo. Y en la ceremonia de la primera piedra de la Casa de la Prensa, Primo de Ri-

vera hizo el elogio de Pi y Margall, conse-
cuente republicano de toda su vida, que
murió en el pleno uso de sus facultades de
ciudadano, que se murió cuando estaba
vivo.

Pensando en esta solución que podría haber dado a la novela de mi Jugo de la Raza,
si en lugar de hacerse ensayara contarla,
he evocado a mi mujer y a mis hijos y he
pensado que no he de morirme huérfano,
que serán ellos, mis hijos, mis padres, y
ellas, mis hijas, mis madres. Y si un día
el espanto del porvenir se vacía en la carne
de mi cara, si pierdo la voluntad y la memoria, no sufrirán ellos, mis hijos y mis
hijas, mis padres y mis madres, que los
otros me rindan el menor homenaje y ni
que me perdonen vengativamente, no sufrirán que ese trágico botarate, que ese mons-
truo de frivolidad que escribió un día que
me querría exento de pasión —es decir,
peor que muerto— haga mi elogio. Y si esto
es comedia, es, como la del Dante, divina
comedia.

[Al releer, volviendo a escribirlo, esto,
me doy cuenta, como lector de mí mismo,
del deplorable efecto que ha de hacer eso de
que no quiero que me perdonen. Es algo
de una soberbia luzbelina y casi satánica,
es algo que no se compadece con el «perdó-

nanos nuestras deudas así como nosotros
perdonamos a nuestros deudores». Porque
si perdonamos a nuestros deudores, ¿por
qué no han de perdonarnos aquellos a quienes debemos? Y que en el fragor de la pelea
les he ofendido es innegable. Pero me ha
envenenado el pan y el vino del alma el ver
que imponen castigos injustos, inmereci-
dos, no más que en vista del indulto. Lo
más repugnante de lo que llaman la regia
prerrogativa del indulto es que más de una
vez —de alguna tengo experiencia inmedia-
ta— el poder regio ha violentado a los tri-
bunales de justicia, ha ejercido sobre ellos
cohecho, para que condenaran injustamente
al solo fin de poder luego infligir un renco-
roso indulto. A lo que también obedece la
absurda gravedad de la pena con que se
agrava los supuestos delitos de injuria al
rey, de lesa majestad.]

Presumo que algún lector, al leer esta
confesión cínica y a la que acaso repute de
impúdica, esta confesión a lo Juan Jacobo,
se revuelva contra mi doctrina de la divina
comedia, o mejor de la divina tragedia y
se indigne diciendo que no hago sino representar un papel, que no comprendo el pa-
triotismo, que no ha sido seria la comedia
de mi vida. Pero a este lector indignado lo
que le indigna es que le muestro que él es,
a su vez, un personaje cómico, novelesco y
nada menos, un personaje que quiero poner

en medio del sueño de su vida. Que haga
del sueño, de su sueño, vida y se habrá sal-
vado. Y como no hay nada más que comedia
y novela, que piense que lo que le parece
realidad extraescénica es comedia de comedia, novela de novela, que el nóumeno inventado por Kant es lo de más fenomenal
que puede darse y la sustancia lo que hay
de más formal. El fondo de una cosa es superficie.

Y ahora, ¿para qué acabar la novela de
Jugo? Esta novela y por lo demás todas las
que se hacen y no que se contenta uno con
contarlas, en rigor no acaban. Lo acabado,
lo perfecto, es la muerte y la vida no puede
morirse. El lector que busque novelas aca-
badas no merece ser mi lector; él está ya
acabado antes de haberme leído.

El lector aficionado a muertes extrañas,
el sádico a la busca de eyaculaciones de la
sensibilidad, el que leyendo *La piel de zapa*
se siente desfallecer de espasmo voluptuo-
so cuando Rafael llama a Paulina: «Paulina, ¡ven!..., Paulina» —y más adelante:
«Te quiero, te adoro, te deseo...»— y la ve
rodar sobre su canapé medio desnuda, y la
desea en su agonía, en su agonía que es su
deseo mismo, a través de los sones estran-
gulados de su estertor agónico y que muer-
de a Paulina en el seno y que ella muere
agarrada a él, ese lector querría que yo le
diese de parecida manera el fin de la ago-

nía de mi protagonista, pero si no ha sentido esa agonía en sí mismo, ¿para qué he de extenderme más? Además hay necesidades a que no quiero plegarme. ¡Que se las arregle solo, como pueda, solo y solitario!

A despecho de lo cual algún lector volverá a preguntarme: «Y bien, ¿cómo acaba este hombre?, ¿cómo le devora la historia?» ¿Y cómo acabarás tú, lector? Si no eres más que lector, al acabar tu lectura, y si eres hombre, hombre como yo, es decir, comediante y autor de ti mismo, entonces no debes leer por miedo de olvidarte a ti mismo.

Cuéntase de un actor que recogía grandes aplausos cada vez que se suicidaba hipócritamente en escena y que una, la sola y última en que lo hizo teatralmente, pero verazmente, es decir, que no pudo ya volver a reanudar representación alguna, que se suicidó de veras, lo que se dice de veras, entonces fue silbado. Y habría sido más trágico aún si hubiera recogido risas o sonrisas. ¡La risa!, ¡la risa!, ¡la abismática pasión trágica de nuestro señor Don Quijote! Y la de Cristo. Hacer reír con una agonía «Si eres el rey de los judíos, sálvate a ti mismo» (*Luc.*, XXIII, 37).

«Dios no es capaz de ironía, y el amor es una cosa demasiado santa, es demasiado la cosa más pura de nuestra naturaleza para que no nos venga de El. Así, pues, o negar a Dios, lo que es absurdo, o creer en la inmortalidad.» Así escribía desde Londres a su madre —¡a su madre!— el agónico Mazzini —¡maravilloso agonista!— el 26 de junio de 1839, treinta y tres años antes de su definitiva muerte terrestre. ¿Y si la historia no fuese más que la risa de Dios? ¿Cada revolución una de sus carcajadas? Carcajadas que resuenan como truenos mientras los divinos ojos lagrimean de risa.

En todo caso y por lo demás no quiero morirme no más que para dar gusto a ciertos lectores inciertos. Y tú, lector, que has llegado hasta aquí, ¿es que vives?

Continuación

Así acababa el relato de cómo se hace una novela que apareció en francés, en el número del 15 de mayo de 1926 del *Mercure de France*, relato escrito hace ya cerca de dos años. Y después ha continuado mi novela, historia, comedia, tragedia o como se quiera, y ha continuado la novela, historia, comedia o tragedia de mi España, y la de toda Europa y la de la humanidad entera. Y sobre la congoja del posible acabamiento de mi novela, sobre y bajo ella, sigue acongojándome la congoja del posible acabamiento de la novela de la humanidad. En lo que se incluye, como episodio, eso que llaman el ocaso del Occidente y el fin de nuestra civilización.

¿He de recordar una vez más el fin de la

oda de Carducci «Sobre el monte Mario»?
Cuando nos describe lo de que «hasta que
sobre el Ecuador recogida, a las llamadas
del calor que huye, la extenuada prole no
tenga más que una sola mujer, un solo
hombre, que erguidos en medio de ruinas
de montes, entre muertos bosques, lívidos,
con los ojos vítreos, te vean sobre el inmenso hielo, ¡oh sol, ponerte!» Apocalíptica
visión que me recuerda otra, por más cómica más terrible, que he leído en Courteline
y que nos pinta el fin de los últimos hombres, recogidos en un buque, nueva arca de
Noé, en un nuevo diluvio universal. Con los
últimos hombres, con la última familia humana, va a bordo un loro: el buque empieza
a hundirse, los hombres se ahogan, pero el
loro trepa a lo más alto del maste mayor y
cuando este último tope va a hundirse en
las aguas el loro lanza al cielo un «Liberté,
Egalité, Fraternité!» Y así se acaba la historia.

A esto suelen llamarle pesimismo. Pero
no es el pesimismo a que suele referirse el
todavía rey de España —hoy 4 de junio de
1927— don Alfonso XIII cuando dice que
hay que aislar a los pesimistas. Y por eso
me aislaron unos meses en la isla de Fuerteventura, para que no contaminase mi pesimismo paradójico a mis compatriotas. Se
me indultó luego de aquel confinamiento o
aislamiento, a que se me llevó sin habér-

seme dado todavía la razón o siquiera el pretexto; me vine a Francia sin hacer caso del indulto y me fijé en París, donde escribí el precedente relato, y a fines de agosto de 1925 me vine de París acá, a Hendaya, a continuar haciendo novela de vida. Y es esta parte de mi novela la que voy ahora, lector, a contarte para que sigas viendo cómo se hace una novela.

Escribí lo que precede hace doce días, y todo este tiempo lo he pasado sin poner la pluma en estas cuartillas, rumiando el pensamiento de cómo habría de terminar la novela que se hace. Porque ahora quiero acabarla, quiero sacar a mi Jugo de la Raza de la tremenda pesadilla de la lectura del libro fatídico, quiero llegar al fin de su novela como Balzac llegó al fin de la novela de Rafael Valentín. Y creo poder llegar a él, creo poder acabar de hacer la novela gracias a veintidós meses de Hendaya.

Por debajo de esos incidentes de policía, a la que los tiranuelos rebajan y degradan la política, la santa política, he llevado y sigo llevando aquí, en mi destierro de Hendaya, en este fronterizo rincón de mi nativa tierra vasca, una vida íntima de política, hecha religión y de religión hecha política, una novela de eternidad histórica. Unas veces me voy a la playa de Ondarraitz,

a bañar la niñez eterna de mi espíritu en
la visión de la eterna niñez de la mar que
nos habla de antes de la historia o mejor
de debajo de ella, de su sustancia divina, y
otras veces, remontando el curso del Bidasoa lindero paso junto a la isleta de los Fai-
sanes donde se concertó el casamiento de
Luis XIV de Francia con la infanta de España María Teresa, hija de nuestro Felipe IV, el Habsburgo, y se firmó el pacto
de Familia —« ¡ya no hay Pirineos! », se
dijo, como si con pactos así se abatieran
montañas de roca milenaria—, y voy a la
aldea de Biriatu, remanso de paz. Allí, en
Biriatu, me siento un momento al pie de
la iglesiuca, frente al caserío de Muniorte,
donde la tradición local dice que viven des-
cendientes bastardos de Ricardo Plantage-
net, duque de Aquitania, que habría sido
rey de Inglaterra, el famoso Príncipe Negro
que fue a ayudar a don Pedro el Cruel de
Castilla, y contemplo la encañada del Bidasoa, al pie del Choldocogaña, tan llena de
recuerdos de nuestras contiendas civiles,
por donde corre más historia que agua y
envuelvo mis pensamientos de proscrito en
el aire tamizado y húmedo de nuestras
montañas maternales. Alguna vez me llego
a Urruña, cuyo reló nos dice que todas las
horas hieren y la última mata —*vulnerant
omnes, ultima necat*— o más allá, a San
Juan de Luz, en cuya iglesia matriz se casó

Luis XIV con la infanta de España, tapián-
dose luego la puerta por donde entraron a
la boda y salieron de ella. Y otras veces me
voy a Bayona, que me reinfantiliza, que
me restituye a mi niñez bendita, a mi eternidad histórica, porque Bayona me trae la
esencia de mi Bilbao de hace más de cincuenta años, del Bilbao que hizo mi niñez
y al que mi niñez hizo. El contorno de la
catedral de Bayona me vuelve a la basílica
de Santiago de Bilbao, a mi basílica. ¡Hasta la fuente aquella monumental que tiene
al lado! Y todo esto me ha llevado a ver el
final de la novela de mi Jugo.

Mi Jugo se dejaría al cabo del libro, re-
nunciaría al libro fatídico, a concluir de
leerlo. En sus correrías por los mundos
de Dios para escapar de la fatídica lectura
iría a dar a su tierra natal, a la de su niñez
misma, con su niñez eterna, con aquella
edad en que aún no sabía leer, en que todavía no era hombre de libro. Y en esa niñez encontraría su hombre interior, el *eso
anthropos*. Porque nos dice San Pablo en
los versillos 14 y 15 de la epístola a los
Efesios que, «por eso doblo mis rodillas
ante el Padre, por quien se nombra todo lo
paterno» —podría sin gran violencia tra-
ducirse: toda patria»— «en los cielos y en
la tierra, para que os dé según la riqueza
de su gloria el robusteceros con poder, por
su espíritu, en el hombre de dentro...»

Y este hombre de dentro se encuentra en su patria, en su eterna patria, en la patria de su eternidad, al encontrarse con su niñez, con su sentimiento —y más que sentimiento, con su esencia de filialidad—, al sentirse hijo y descubrir al padre. O sea sentir en sí al padre.

Precisamente en estos días ha caído en mis manos y como por divina, o sea paternal providencia, un librito de Juan Hessen, titulado «Filialidad de Dios» (Gottes Kindschaft), y en él he leído: «Debería por eso quedar bien en claro que es siempre y cada vez el niño quien en nosotros cree. Como el ver es una función de la vista, así el creer es una función del sentido infantil. Hay tanta potencia de creer en nosotros cuanta infantilidad tengamos.» Y no deja Hessen, ¡claro está!, de recordarnos aquello del Evangelio de San Mateo (XVIII, 3) cuando el Cristo, el Hijo del Hombre, el Hijo del Padre, decía: «En verdad os digo que si no os volvéis y os hacéis como niños no entraréis en el reino de los cielos.» «Si no os volvéis», dice. Y por eso le hago yo volverse a mi Jugo.

Y el niño, el hijo, descubre al padre. En los versillos 14 y 15 del capítulo VIII de la epístola a los Romanos —y tampoco deja de recordarlo Hessen— San Pablo nos dice que «cuantos son llevados por espíritu de Dios, éstos son hijos de Dios; pues no reci-

biréis ya espíritus de servidumbre otra vez
para temor, sino que recibiréis espíritu de
ahijamiento en que clamemos: *abbá*, ¡padre! » O sea: ¡papá! Yo no recuerdo cuándo decía « ¡papá! » antes de empezar a leer
y escribir; es un momento de mi eternidad
que se me pierde en la bruma oceánica de
mi pasado. Murió mi padre cuando yo apenas había cumplido los seis años y toda
imagen suya se me ha borrado de la memoria, sustituida —acaso borrada— por las
imágenes artísticas o artificiales, las de retratos; entre otras, un daguerrotipo de
cuando era un mozo, no más que hijo él a
su vez. Aunque no toda imagen suya se me
ha borrado, sino que confusamente, en niebla oceánica, sin rasgos distintos, aún le
columbro en un momento en que se me re-
veló, muy niño yo, el misterio del lenguaje.
Era que había en mi casa paterna de Bilbao
una sala de recibo, santuario litúrgico del
hogar, a donde no se nos dejaba entrar a
los niños, no fuéramos a manchar su suelo
encerado o arrugar las fundas de los sillones. Del techo pendía un espejo de bola
donde uno se veía pequeñito y deformado,
y de las paredes colgaban unas litografías
bíblicas, una de las cuales representaba
—me parece estarla viendo— a Moisés sa-
cando con una varita agua de la roca como
yo ahora saco estos recuerdos de la roca
de la eternidad de mi niñez. Junto a la sala,

un cuarto oscuro donde se escondía la Marmota, ser misterioso y enigmático. Pues bien, un día en que logré yo entrar en la vedada y litúrgica sala de recibo, me encontré a mi padre —¡papá!—, que me acogió en sus brazos, sentado en uno de los sillones enfundados, frente a un francés, a un señor Legorgeux —a quien conocí luego— y hablando en francés. Y qué efecto pudo producir en mi infantil conciencia —no quiero decir sólo fantasía, aunque acaso fantasía y conciencia sean uno y lo mismo— el oír a mi padre, a mi propio padre —¡papá!— hablar en una lengua que me sonaba a cosa extraña y como de otro mundo, que es aquella impresión la que me ha quedado grabada, la del padre que habla una lengua misteriosa y enigmática. Que el francés era entonces para mí lengua de misterio.

Descubrí al padre —¡papá!— hablando una lengua de misterio y acaso acariciándome en la nuestra. Pero ¿descubre el hijo al padre? ¿O no es más bien el padre el que descubre al hijo? ¿Es la filialidad que llevamos en las entrañas la que nos descubre la paternidad, o no es más bien la paternidad de nuestras entrañas la que nos descubre nuestra filialidad? «El niño es el padre del hombre» ha cantado para siempre Wordsworth, pero ¿no es el sentimiento

—¡qué pobre palabra!— de paternidad, de
perpetuidad hacia el porvenir, el que nos
revela el sentimiento de filialidad, de perpetuidad hacia el pasado?, ¿no hay acaso
un sentido oscuro de perpetuidad hacia el
pasado, de preexistencia, junto al sentido
de perpetuidad hacia el futuro, de per-exis-
tencia o sobre-existencia? Y así se explicaría
que entre los indios, pueblo infantil, filial,
haya más que la creencia, la vivencia, la experiencia íntima de una vida —o mejor, una
sucesión de vidas— prenatal, como entre
nosotros, los occidentales, hay la creencia
—en muchos la vivencia, la experiencia íntima, el deseo, la esperanza vital, la fe—
en una vida de tras la muerte. Y ese *nirvana*
a que los indios se encaminan —y no hay
más que el camino—, ¿es algo distinto de
la oscura vida natal intrauterina, del sueño
sin ensueños, pero con inconsciente sentir
de vida, de antes del nacimiento, pero después de la concepción? Y he aquí por qué
cuando me pongo a soñar en una experiencia mística a contratiempo, o mejor a arredrotiempo, le llamo al morir desnacer, y la
muerte es otro parto.

« ¡Padre, en tus manos pongo mi espíritu! », clamó el Hijo (*Lucas*, XXIII, 46) al
morirse, al desnacer, en el parto de la muerte. O según otro Evangelio (*Juan*, XIX, 30),
clamó: *tetélestai!* (« ¡queda cumplido! »)

«¡Queda cumplido!», suspiró, y doblando
la cabeza —follaje nazareno—
en las manos de Dios puso el espíritu;
lo dio a luz;
que así Cristo nació sobre la cruz;
y al nacer se soñaba a arredrotiempo
cuando sobre un pesebre
murió en Belén
allende todo mal y todo bien.

« ¡Queda cumplido! », y « ¡en tus manos
pongo mi espíritu! » ¿Y qué es lo que así
quedó cumplido?, ¿y qué fue ese espíritu
que así puso en manos del Padre, en manos
de Dios? Quedó cumplida su obra y su obra
fue su espíritu. Nuestra obra es nuestro espíritu y mi obra soy yo mismo que me estoy
haciendo día a día y siglo a siglo, como tu
obra eres tú mismo, lector, que te estás haciendo momento a momento, ahora oyén-
dome como yo hablándote. Porque quiero
creer que me oyes más que me lees, como
yo te hablo más que te escribo. Somos
nuestra propia obra. Cada uno es hijo de
sus obras, quedó dicho, y lo repitió Cervantes, hijo del *Quijote*, pero ¿no es uno también padre de sus obras? Y Cervantes, padre
del *Quijote*. De donde uno, sin conceptismo, es padre e hijo de sí mismo y su obra
el espíritu santo. Dios mismo, para ser Padre, se nos enseña que tuvo que ser Hijo,
y para sentirse nacer como Padre bajó a

morir como Hijo. «Se va al Padre por el Hijo», se nos dice en el cuarto Evangelio (XIV, 6), y que quien ve al Hijo ve al Padre (XIV, 8), y en Rusia se le llama al Hijo «nuestro padrecito Jesús».

De mí sé decir que no descubrí de veras mi esencia filial, mi eternidad de filialidad, hasta que no fui padre, hasta que no descubrí mi esencia paternal. Es cuando llegué al hombre de dentro, al *eso anthropos*, padre e hijo. Entonces me sentí hijo, hijo de mis hijos e hijo de la madre de mis hijos. Y este es el eterno misterio de la vida. El terrible Rafael Valentín de *La piel de zapa*, de Balzac, se muere, consumido de deseos, en el seno de Paulina y estertorando, en las ansias de la agonía, «te quiero, te adoro, te deseo...»; pero no desnace ni renace porque no es el seno de madre, de madre de sus hijos, de su madre, donde acaba su novela. ¿Y, después de esto, en mi novela de Jugo le he de hacer acabarse en la experiencia de la paternidad filial, de la filialidad paternal?

Pero hay otro mundo, novelesco también; hay otra novela. No la de la carne, sino la de la palabra, la de la palabra hecha letra. Y ésta es propiamente la novela que, como la historia, empieza con la palabra o propiamente con la letra, pues sin el esqueleto no se tiene en pie la carne. Y aquí entra lo de la acción y la contemplación, la política y la novela. La acción es contemplativa, la contemplación es activa; la política es novelesca y la novela es política. Cuando mi pobre Jugo, errando por los bordes —no se les puede llamar riberas— del Sena, dio con el libro agorero y se puso a devorarlo y se ensimismó en él; convirtióse en un puro contemplador, en un mero lector, lo que es algo absurdo e inhumano; padecía la novela, pero no la hacía. Y yo quiero contarte, lector, cómo se hace una novela, cómo haces y has de hacer tú mismo tu propia novela. El hombre de dentro, el intra-hombre cuando se hace lector, contemplador, si es viviente, ha de hacerse, lector, contemplador del personaje a quien va, a la vez que leyendo, haciendo, creando; contemplador de su propia obra. El hombre de dentro, el intra-hombre —y éste es más divino que el tras-hombre o sobrehombre nietzscheniano— cuando se hace lector hácese por lo mismo autor, o sea, actor; cuando lee una novela se hace novelista; cuando lee historia, historiador. Y todo lector que sea hombre de dentro, humano, es, lector, autor de lo que lee y está leyendo. Esto que ahora lees aquí, lector, te lo estás diciendo tú a ti mismo y es tan tuyo como mío. Y si no es así es que ni lo lees. Por lo cual te pido perdón, lector mío, por aquella, más que impertinencia, insolencia que te solté de que no quería decirte cómo acababa la novela de mi Jugo, mi novela y tu novela. Y me pido perdón a mí mismo por ello.

¿Me has comprendido, lector? Y si te dirijo así esta pregunta es para poder colocar a seguida lo que acabo de leer en un libro filosófico italiano —una de mis lecturas de azar— *Le sorgenti irrazionali del pensiero*, de Nicola Abbagnano, y es esto: «Comprender no quiere decir penetrar en la intimidad del pensamiento ajeno, sino tan sólo traducir en el propio pensamiento, en la propia verdad, la soterraña experiencia en que se funde la vida propia y la ajena.» Pero ¿no es esto acaso penetrar en la entraña del pensamiento de otro? Si yo traduzco en mi propio pensamiento la soterraña experiencia en que se funden mi vida y tu vida, lector, o si tú la traduces en el propio tuyo, si nos llegamos a comprender mutuamente, a prendernos conjuntamente, ¿no es que he penetrado yo en la intimidad de tu pensamiento a la vez que penetras tú en la intimidad del tuyo y que no es ni mío ni tuyo, sino común de los dos? ¿No es acaso que mi hombre de dentro, mi intra-hombre, se toca y hasta se une con tu hombre de dentro, con tu intra-hombre, de modo que yo viva en ti y tú en mí?

Y no te sorprenda el que así te meta mis lecturas de azar y te meta en ellas. Gusto de las lecturas de azar, del azar de las lec-

turas, a las que caen, como gusto de jugar
todas las tardes, después de comer, el café
aquí, en el Grand Café de Hendaya, con
otros tres compañeros, y al tute. ¡Gran
maestro de vida de pensamiento el tute!
Porque el problema de la vida consiste en
saber aprovecharse del azar, en darse maña
para que no le canten a uno las cuarenta,
si es que no tute de reyes o de caballos, o
en cantarlos uno cuando el azar se los trae.
¡Qué bien dice Montesinos en el *Quijote:*
«paciencia y barajar»! ¡Profundísima sentencia de sabiduría quijotesca! ¡Paciencia
y barajar! Y mano y vista prontas al azar
que pasa. ¡Paciencia y barajar! Que es lo
que hago aquí, en Hendaya, en la frontera,
yo con la novela política de mi vida —y
con la religiosa—: ¡paciencia y barajar!
Tal es el problema.

Y no me saltes diciendo, lector mío —¡y
yo mismo, como lector de mí mismo!— que
en vez de contarte, según te prometí, cómo
se hace una novela, te vengo planteando
problemas, y lo que es más grave, problemas metapolíticos y religiosos. ¿Quieres
que nos detengamos un momento en esto
del problema? Dispensa a un filólogo helenista que te explique la novela, o sea la eti-
mología, de la palabra *problema.* Que es el
sustantivo que representa el resultado de
la acción de un verbo, *proballein,* que significa echar o poner por delante, presentar

algo, y equivale al latino *projicere*, proyéctar, de donde problema viene a equivaler a *proyecto*. Y el problema, ¿proyecto de qué es? ¡De acción! El proyecto de un edificio es proyecto de construcción. Y un problema presupone no tanto una solución, en el sentido analítico, o disolutivo, cuanto una construcción, una creación. Se resuelve haciendo. O dicho en otros términos, un *proyecto* se resuelve en un *trayecto*, un *problema* en un *metablema*, en un cambio. Y sólo con la acción se resuelven problemas. Acción que es contemplativa como la contemplación es activa, pues creer que se puede hacer política sin novela o novela sin política es no saber lo que se quiere creer.

Gran político de acción, tan grande como Pericles, fue Tucídides, el maestro de Maquiavelo, el que nos dejó «para siempre» —« ¡para siempre! »: es su frase y su sello— la historia de la guerra del Peloponeso.

Y así es, lector, cómo se hace para siempre una novela.

Terminado el viernes 17 de junio de 1927, en Hendaya, Bajos Pirineos, frontera entre Francia y España.

¿Terminado? ¡Qué pronto escribí eso! ¿Es que se puede terminar algo, aunque sólo sea una novela, de cómo se hace una novela? Hace ya años, en mi primera mocedad, oía hablar a mis amigos wagnerianos de melodía infinita. No sé bien lo que es esto, pero debe de ser como la vida y su novela, que nunca terminan. Y como la historia.

Porque hoy me llega un número de *La Prensa*, de Buenos Aires, el del 22 de mayo de este año, y en él un artículo de *Azorín* sobre Jacques de Lacretelle. Este envió a aquél un librito suyo titulado *Aparte*, y *Azorín* lo comenta. «Se compone —nos dice éste hablándonos del librito de Lacretelle (no de De Lacretelle, amigos argentinos)—

189

de una novelita titulada «Cólera», de un
«Diario», en que el autor explica cómo ha
compuesto la dicha novela, y de unas páginas filosóficas, críticas, dedicadas a evocar
la memoria de Juan Jacobo Rousseau en
Ermenonville.» No conozco el librito de
J. de Lacretelle —o de Lacretelle— más
que por este artículo de *Azorín;* pero encuentro profundamente significativo y sim-
bólico el que un autor que escribe un «Diario» para explicar cómo ha compuesto una
novela evoque la memoria de Rousseau,
que se pasó la vida explicándonos cómo se
hizo la novela de esa su vida, o sea su vida
representativa, que fue una novela.

   Añade luego *Azorín:*

   «De todos estos trabajos, el más intere-
sante, sin duda, es el «Diario de cólera», es
decir, las notas que, si no día por día, al
menos muy frecuentemente, ha ido toman-
do el autor sobre el desenvolvimiento de
la novela que llevaba entre manos. Ya se
ha escrito, recientemente, otro diario de
esta laya; me refiero al libro que el sutilí-
simo y elegante André Gide ha escrito para
explicar la génesis y proceso de cierta novela suya. El género debiera propagarse.
Todo novelista, con motivo de una novela
suya, podría escribir otro libro —novela ve-
raz, auténtica— para dar a conocer el mecanismo de su ficción. Cuando yo era niño
—supongo que ahora pasa lo mismo— me

interesaban mucho los relojes; mi padre o alguno de mis tíos solían enseñarme el suyo; yo lo examinaba con cuidado, con admiración; lo ponía junto a mi oído; escuchaba el precipitado y perseverante tic-tac; veía cómo el minutero avanzaba con mucha lentitud; finalmente, después de visto todo lo exterior de la muestra, mi padre o mi tío levantaba —con la uña o con un cortaplumas— la tapa posterior y me enseñaba el complicado y sutil organismo... Los novelistas que ahora hacen libros para explicar el mecanismo de su novela, para hacer ver cómo ellos proceden al escribir, lo que hacen, sencillamente, es levantar la tapa del reló. El reló del señor Lacretelle es precioso; no sé cuántos rubíes tiene la maquinaria; pero todo ello es pulido, brillante. Contemplémosla y digamos algo de lo que hemos observado.»

Lo que merece comentario:

Lo primero, que la comparación del reló está muy mal traída, y responde a la idea del «mecanismo de su ficción». Una ficción de mecanismo, mecánica, no es ni puede ser novela. Una novela, para ser viva, para ser vida, tiene que ser, como la vida misma, organismo y no mecanismo. Y no sirve levantar la tapa del reló. Ante todo porque una verdadera novela, una novela viva, no tiene tapa, y luego porque no es maquinaria lo que hay que mostrar, sino entrañas palpitantes de vida, calientes de sangre. Y eso se ve fuera. Es como la cólera que se ve en la cara y en los ojos y sin necesidad de levantar tapa alguna.

El relojero, que es un mecánico, puede levantar la tapa del reló para que el cliente vea la maquinaria, pero el novelista no tiene que levantar nada para que el lector sienta la palpitación de las entrañas del organismo vivo de la novela, que son las entrañas mismas del novelista, del autor. Y las del lector identificado con él por la lectura.

Mas, por otra parte, el relojero conoce reflexivamente, críticamente, el mecanismo del reló; pero el novelista, ¿conoce así el organismo de su novela? Si hay tapa en ésta, la hay para el novelista mismo. Los mejores novelistas no saben lo que han puesto en sus novelas. Y si se ponen a hacer un diario de cómo las han escrito es para descubrirse a sí mismos. Los hombres de diario o de autobiografías y confesiones, San Agustín, Rousseau, Amiel, se han pasado la vida buscándose a sí mismos —buscando a Dios en sí mismos—, y sus diarios, autobiografías o confesiones no han sido sino la experiencia de esa rebusca. Y esa experiencia no puede acabar sino con su vida.

¿Con su vida? ¡Ni con ella! Porque su vida íntima, entrañada, novelesca, se continúa en la de sus lectores. Así como empezó

antes. Porque nuestra vida íntima, entrañada, novelesca, ¿empezó con cada uno de
nosotros? Pero de esto ya he dicho algo y
no es cosa de volver a lo dicho. Aunque,
¿por qué no? Es lo propio del hombre del
diario, del que se confiesa, el repetirse.
Cada día suyo es el mismo día.

Y ¡ojo con caer en el diario! El hombre
que da en llevar un diario —como Amiel—
se hace el hombre del diario, vive para él.
Ya no apunta en su diario lo que a diario
piensa, sino que lo piensa para apuntarlo.
Y en el fondo, ¿no es lo mismo? Juega uno
con eso del libro del hombre y el hombre
del libro, pero ¿hay hombres que no sean
de libro? Hasta los que no saben ni leer
ni escribir. Todo hombre, verdaderamente
hombre, es hijo de una leyenda, escrita u
oral. Y no hay más que leyenda, o sea
novela.

Quedamos, pues, en que el novelista que
cuenta cómo se hace una novela cuenta
cómo se hace un novelista, o sea cómo se
hace un hombre. Y muestra sus entrañas
humanas, eternas y universales, sin tener
que levantar tapa alguna de reló. Esto de
levantar tapas de reló se queda para litera-
tos que no son precisamente novelistas.

¡Tapa de reló! Los niños despanzurran
a un muñeco, y más si es de mecanismos,
para verle las tripas, para ver lo que lleva
dentro. Y, en efecto, para darse cuenta de

cómo funciona un muñeco, un fantoche, un *homunculus* mecánico, hay que despanzurrarle, hay que levantar la tapa del reló. Pero ¿un hombre histórico?, ¿un hombre de verdad?, ¿un actor del drama de la vida?, ¿un sujeto de novela? Este lleva las entrañas en la cara. O dicho de otro modo, su entraña —*intranea*—, lo de dentro, es su extraña —*extranea*—, lo de fuera; su forma es su fondo. Y he aquí por qué toda expresión de un hombre histórico verdadero es autobiográfica. Y he aquí por qué un hombre histórico verdadero no tiene tapa. Aunque sea hipócrita. Pues precisamente son los hipócritas los que más llevan las entrañas en la cara. Tienen tapa, pero es de cristal.

Acabo de leer que como Federico Lefevre, el de las conversaciones con hombres públicos para publicarlas en *Les Nouvelles Litteraires* —a mí me sometió a una—, le preguntara a Jorge Clemenceau, el mozo de ochenta y cinco años, si se decidiría a escribir sus Memorias, éste le contestó: « ¡Jamás! , la vida está hecha para ser vivida y no para ser contada». Y, sin embargo, Clemenceau, en su larga vida quijotesca de guerrillero de la pluma no ha hecho sino contar su vida.

Contar la vida, ¿no es acaso un modo, y tal vez el más profundo, de vivirla? ¿No vivió Amiel su vida íntima contándola? ¿No es su *Diario* su vida? ¿Cuándo se acabará esa contraposición entre acción y contemplación? ¿Cuándo se acabará de comprender que la acción es contemplativa y la contemplación es activa?

Hay lo hecho y hay lo que se hace. Se llega a lo invisible de Dios por lo que está hecho —*per ea quae facta sunt*, según la versión latina canónica, no muy ceñida al original griego, de un pasaje de San Pablo (Romanos, I, 20)—, pero ése es el camino de la naturaleza, y la naturaleza es muerta. Hay el camino de la historia, y la historia es viva; y el camino de la historia es llegar a lo invisible de Dios, a sus misterios, por lo que se está haciendo, *per ea quae fiunt*. No por poemas —que es la expresión precisa pauliniana—, sino por poesías; no por entendimiento, sino por intelección o mejor por intención —propiamente *intensión*—. (¿Por qué ya que tenemos *extensión* e *intensidad*, no hemos de tener *intensión* y *extensidad*?)

Vivo ahora y aquí mi vida contándola. Y ahora y aquí es de la actualidad, que sustenta y funde a la sucesión del tiempo así como la eternidad la envuelve y junta.

Leyendo hoy una historia de la mística filosófica de la Edad Media he vuelto a dar con aquella sentencia de San Agustín en sus *Confesiones* donde dice (lib. 10, c. 33, n. 50) que se ha hecho problema en sí mismo *mihi quaestio factus sum* —porque creo que es por problema como hay que traducir *quaestio*—. Y yo me he hecho problema, cuestión, proyecto de mí mismo. ¿Cómo se resuelve esto? Haciendo del proyecto, trayecto del problema, *metablema;* luchando. Y así, luchando, civilmente, ahondando en mí mismo como problema, cuestión, para mí, trascenderé de mí mismo, y hacia dentro, concentrándome para irradiarme, y llegaré al Dios actual, al de la historia.

Hugo de San Víctor, el místico del si-

glo XII, decía que subir a Dios era entrarse
en sí mismo y no sólo entrar en sí, sino
pasarse de sí mismo, en lo de más adentro
—*in intimis etiam seipsum transire*— de
cierto inefable modo, y que lo más íntimo
es lo más cercano, lo supremo y eterno. Y a
través de mí mismo, traspasándome, llego
al Dios de mi España en esta experiencia del
destierro.

Ahora que ha venido mi familia y me he establecido con ella, para los meses de verano, en una *villa*, fuera del hotel, he vuelto a ciertos hábitos familiares, y entre ellos a entretenerme haciendo, entre los míos, solitarios a la baraja, lo que aquí, en Francia. llaman *patience*.

El solitario que más me gusta es uno que deja un cierto margen al cálculo del jugador, aunque no sea mucho. Se colocan los naipes en ocho filas de cinco en sentido vertical —o sea cinco filas de ocho en sentido horizontal— y se trata de sacar desde abajo los ases y los doses poniendo las 32 cartas que quedan en cuatro filas verticales de mayor a menor y sin que se sigan dos de un mismo palo, o sea, que a una sota de oros, por ejemplo, no debe seguir un siete de oros también, sino de cualquiera de los otros tres palos. El resultado depende en parte de cómo se empiece; hay que saber, pues, aprovechar el azar. Y no es otro el arte de la vida en la historia.

Mientras sigo el juego, ateniéndome a sus reglas, a sus normas, con la más escrupulosa conciencia normativa, con un vivo sentimiento del deber, de la obediencia a la ley que me he creado —el juego bien jugado es la fuente de la conciencia moral—, mientras sigo el juego es como si una música silenciosa brezara mis meditaciones de la historia que voy viviendo y haciendo.

Barajar los naipes es algo, en otro plano, como ver romperse las olas de la mar en la arena de la playa. Y ambas cosas nos hablan de la naturaleza en la historia, del azar en la libertad.

Y no me impaciento si la jugada tarda en resolverse y no hago trampas. Y ello me enseña a esperar que se resuelva la jugada histórica de mi España, a no impacientarme por su solución, a barajar y tener paciencia en este otro juego solitario y de paciencia. Los días vienen y se van como vienen y se van las olas de la mar; los hombres vienen y se van —a las veces se van y luego vienen— como vienen y se van los naipes, y este vaivén es la historia. Allá a lo lejos, sin que yo concientemente lo oiga, resuena, en

la playa, la música de la mar fronteriza.
Rompen en ella las olas que han venido la-
miendo costa de España.

¡Y qué de cosas me sugieren los cuatro
reyes, con sus cuatro sotas, los de espadas,
bastos, oros y copas, caudillos de las cuatro
filas del orden vencedor! ¡El orden!

¡Paciencia, pues, y barajar!

Sigo pensando en los solitarios, en la historia. El solitario es el juego del azar. Un buen matemático podría calcular la probabilidad que hay de que salga o no una jugada. Y si se ponen dos sujetos en competencia a resolverlas, lo natural es que en un mismo juego obtengan el mismo tanto por ciento de soluciones. Mas la competencia debe ser a quién resuelve más jugadas en igual tiempo. Y la ventaja del buen jugador de solitarios no que juegue más de prisa sino que abandone más jugadas apenas empezadas y en cuanto prevé que no tiene solución. En el arte supremo de aprovechar el azar, la superioridad del jugador consiste en resolverse a abandonar a tiempo la partida para poder empezar otra. Y lo mismo en la política y en la vida.

¿Es que voy a caer en aquello de *nulla dies sine linea,* ni un día sin escribir algo para los demás —ante todo para sí mismo— y para siempre? Para siempre de sí mismo, se entiende. Esto es caer en el hombre del diario. ¿Caer? ¿Y qué es caer? Lo sabrán esos que hablan de decadencia. Y de ocaso. Porque ocaso, *ocasus,* de *occidere,* morir, es un derivado de *cadere,* caer. Caer es morirse.

Lo que me recuerda aquellos dos inmortales héroes —¡héroes, sí!— del ocaso de Flaubert, modelo de novelistas —¡qué novela su «Correspondencia»!—, los que le hicieron cuando decaía para siempre. Que fueron Bouvard y Pecuchet. Y Bouvard y Pecuchet, después de recorrer todos los rincones del espíritu universal acabaron en escribientes. ¿No sería lo mejor que acabase la novela de mi Jugo de la Raza haciéndole que, abandonada la lectura del libro fatídico, se dedique a hacer solitarios y haciendo solitarios esperar que se le acabe el libro de la vida? De la vida y de la vía, de la historia que es camino.

Via y *patria*, que decían los místicos escolásticos, o sea: historia y visión beatífica. Pero, ¿son cosas distintas? ¿No es ya patria el camino? Y la patria, la celestial y eterna se entiende, la que no es de este mundo, el reino de Dios cuyo advenimiento pedimos a diario —los que lo pedimos—, esa patria ¿no seguirá siendo camino?

Mas, en fin, ¡hágase su voluntad así en la tierra como en el cielo! , o como cantó Dante, el gran proscrito:

In la sua volontade é nostra pace
Paradiso, III, 91.

Epur si muove! ¡Ay, que no hay paz sin guerra!

El camino, sí, la vía, que es la vida, y pasársela haciendo solitarios —tal la novela—. Pero los solitarios son solitarios, para uno mismo solo; no participan de ellos los demás. Y la patria que hay tras de ese camino de solitarios, una patria de soledad —de soledad y de vacío—. Cómo se hace una novela, ¡bien!, pero ¿para qué se hace? Y el para qué es el porqué. ¿Por qué, o sea, para qué se hace una novela? Para hacerse el novelista. ¿Y para qué se hace el novelista? Para hacer al lector, para hacerse uno con el lector. Y sólo haciéndose uno el novelador y el lector de la novela se salvan ambos de su soledad radical. En cuanto se hacen uno se actualizan y actualizándose se eternizan.

Los místicos medievales, San Buenaventura, el franciscano, lo acentuó más que otro, distinguen entre *lux,* luz, y *lumen,* lumbre. La luz queda en sí; la lumbre es la que se comunica. Y un hombre puede lucir —y lucirse— alumbrar —y alumbrarse.

Un espíritu luce, pero ¿cómo sabremos que luce si no nos alumbra? Y hay hombres que se lucen, como solemos decir. Y los que se lucen es con propia complacencia; se muestran para lucirse. ¿Se conoce a sí mismo el que se luce? Pocas veces. Pues como no se cuida de alumbrar a los demás, no se alumbra a sí mismo. Pero el que no sólo luce, sino que al lucir alumbra a los otros, se luce alumbrándose a sí mismo. Que nadie se conoce mejor a sí mismo que el que se cuida de conocer a los otros. Y puesto que conocer es amar, acaso convendría variar el divino precepto y decir: ámate a ti mismo como amas a tu prójimo.

¿De qué te serviría ganar el mundo si perdieras tu alma? Bien; pero y ¿de qué te servirá ganar tu alma si perdieras el mundo? Pongamos en vez de mundo la comunión humana, la comunidad humana, o sea la comunidad común.

Y he aquí cómo la religión y la política se hacen una en la novela de la vida actual. El reino de Dios —o como quería San Agustín, la ciudad de Dios— es, en cuanto ciudad, política, y en cuanto de Dios, religión.

Y yo estoy aquí, en el destierro, a la puerta de España y como su ujier, no para lucir y lucirme, sino para alumbrar y alumbrarme, para hacer nuestra novela, historia, la de nuestra España. Y al decir que estoy para alumbrarme, con este —me, no quiero referirme, lector mío, a mi yo solamente, sino a tu yo, a nuestros yos. Que no es lo mismo nosotros que yos.

Hendaya [julio] de 1927

Indice

Presentación:

La novela de Unamuno 1

San Manuel Bueno, mártir

Uno 7
Dos 10
Tres 12
Cuatro 14
Cinco 21
Seis 23
Siete 26
Ocho 28
Nueve 33
Diez 35
Once 39
Doce 41
Trece 43
Catorce 49
Quince 52
Dieciséis 55
Diecisiete 57
Dieciocho 60
Diecinueve 64
Veinte 69
Veintiuno 71

Veintidós 75
Veintritrés 78
Veinticuatro 80

Cómo se hace una novela

Prólogo 85
Retrato de Unamuno, por Jean Cassou 91
Comentario 103
Cómo se hace una novela 122
Continuación 174
Martes 21 189
Jueves 30-6 195
Domingo 3-7 197
Lunes 4-7 199
Martes 5-7 202
Miércoles 6-7 203
Jueves 7-7 205

El Libro de Bolsillo   Alianza Editorial   Madrid

Libros en venta

*579 Roger Martin Du Gard:
Los Thibault
6. El verano de 1914 (fin). Epílogo

**580 Isaac Asimov:
Breve historia de la química

***581 Diez siglos de poesía castellana
Selección de Vicente Gaos

***582 Sigmund Freud:
Los orígenes del psicoanálisis

**583 Luis Cernuda:
Antología poética

584 J. W. Goethe:
Penas del joven Werther

***585 Vittore Branca:
Bocacio y su época

**586 Philippe Dreux:
Introducción a la ecología

***587 James Joyce:
Escritos críticos

*588 Carlos Prieto:
El Océano Pacífico:
navegantes españoles del siglo XVI

**589 Adolfo Bioy Casares:
Historias de amor

**590 E. O. James:
Historia de las religiones

**591 Gonzalo R. Lafora:
Don Juan, los milagros
y otros ensayos

**592 Jules Verne:
Viaje al centro de la Tierra

***593 Stendhal:
Vida de Henry Brulard
Recuerdos de egotismo

***594 Pierre Naville:
Teoría de la orientación profesional

**595 Ramón Xirau:
El desarrollo y las crisis de la
filosofía occidental

**596 Manuel Andújar:
Vísperas
1. Llanura

597 Herman Melville:
Benito Cereno. Billy Budd, marinero

**598 Prudencio García:
Ejército: presente y futuro
1. Ejército, polemología y paz
internacional

***599 Antología de Las Mil y Una Noches
Selección y traducción
de Julio Samsó

*600 Benito Pérez Galdós:
Tristana

****601 Adolfo Bioy Casares:
Historias fantásticas

*602 Antonio Machado:
Poesía
Introducción y antología
de Jorge Campos

*603 Arnold J. Toynbee:
Guerra y civilización

**604 Jorge Luis Borges:
Otras inquisiciones

**605 Bertrand Russell:
La evolución de mi pensamiento
filosófico

**606 Manuel Andújar:
Vísperas
2. El vencido

**607 Otto Karolyi:
Introducción a la música

*608 Jules Verne:
Los quinientos millones de La Begún

*609 H. P. Lovecraft y August Derleth:
La habitación cerrada y otros
cuentos de terror

610 Luis Angel Rojo:
Inflación y crisis en la economía
mundial (hechos y teorías)

*611 Dionisio Ridruejo:
Poesía
Selección de Luis Felipe Vivanco
Introducción de María Manent

*612 Arthur C. Danto:
Qué es filosofía

**613 Manuel Andújar:
Vísperas
3. El destino de Lázaro

*614 Jorge Luis Borges:
Discusión

**615 Julio Cortázar:
Los relatos
1. Ritos

**616 Flora Davis:
La comunicación no verbal

**617 Jacob y Wilhelm Grimm:
Cuentos

**618 Klaus Birkenhauer:
Samuel Beckett

**619 Umberto Eco, Edmund Leach, John
Lyons, Tzvetan Todorov y otros:
Introducción al estructuralismo
Selección de David Robey

*620 Bertrand Russell:
Retratos de memoria
y otros ensayos

621 Luis Felipe Vivanco:
Antología poética
Introducción y selección
de José María Valverde

**622 Steven Goldberg:
La inevitabilidad del patriarcado

623 Joseph Conrad:
El corazón de las tinieblas

**624 Julio Cortázar:
Los relatos
2. Juegos

625 Tom Bottomore:
La sociología marxista

***626 Georges Sorel:
Reflexiones sobre la violencia
Prólogo de Isaiah Berlin

*627 K. C. Chang:
Nuevas perspectivas en Arqueología

*628 Jorge Luis Borges:
Evaristo Carriego

**629 Los anarquistas
2. La práctica
Selección de I. L. Horowitz

*630 Fred Hoyle:
De Stonehenge a la cosmología
contemporánea. Nicolás Copérnico

**631 Julio Cortázar:
Los relatos
3. Pasajes

*632 Francisco Guerra
Las medicinas marginales

*633 Isaak Bábel:
Debes saberlo todo
Relatos 1915-1937

***634 Herrlee G. Creel:
El pensamiento chino desde
Confucio hasta Mao-Tse-tung

*635 Dino Buzzati:
El desierto de los tártaros

***636 Raymond Aron:
La República Imperial. Los Estados
Unidos en el mundo (1945-1972)

*637 Blas de Otero:
Poesía con nombres

638 Anthony Giddens:
Política y sociología en Max Weber

**639 Jules Verne:
La vuelta al mundo en ochenta días

*640 Adolfo Bioy Casares:
El sueño de los héroes

641 Miguel de Unamuno:
Antología poética
Selección e introducción
de José María Valverde

**642 Charles Dickens:
Papeles póstumos del Club
Pickwick, 1

**643 Charles Dickens:
Papeles póstumos del Club
Pickwick, 2

**644 Charles Dickens:
Papeles póstumos del Club
Pickwick, 3

**645 Adrian Berry:
Los próximos 10.000 años:
el futuro del hombre en el universo

646 Rubén Darío:
Cuentos fantásticos

*647 Vicente Aleixandre:
Antología poética
Estudio previo, selección y notas
de Leopoldo de Luis

**648 Karen Horney:
Psicología femenina

**649, **650 Juan Benet:
Cuentos completos

**651 Ronald Grimsley:
La filosofía de Rousseau

652 Oscar Wilde:
El fantasma de Canterville
y otros cuentos

**653 Isaac Asimov:
El electrón es zurdo y otros ensayos
científicos

*654 Hermann Hesse:
Obstinación
Escritos autobiográficos

*655 Miguel Hernández:
Poemas sociales, de guerra
y de muerte

*656 Henri Bergson:
Memoria y vida

***657 H. J. Eysenck:
Psicología: hechos y palabrería

658 Leszek Kolakowski:
Husserl y la búsqueda de certeza

**659 Dashiell Hammett:
El agente de la Continental

**660, **661 David Shub:
Lenin

*662 Jorge Luis Borges:
El libro de arena

*663 Isaac Asimov:
Cien preguntas básicas
sobre la ciencia

**664, **665 Rudyard Kipling:
El libro de las tierras vírgenes

*666 Rubén Darío:
Poesía

*667 John Holt:
El fracaso de la escuela

**668, **669 Charles Darwin:
Autobiografía

*670 Gabriel Celaya:
Poesía

671 C. P. Snow:
Las dos culturas y un segundo
enfoque

***672 Enrique Ruiz García:
La era de Carter

**673 Jack London:
El Silencio Blanco y otros cuentos

*674 Isaac Asimov:
Los lagartos terribles

***675 Jesús Fernández Santos:
Cuentos completos

***676 Friedrick A. Hayek:
Camino de servidumbre

***677, **678 Hermann Hesse:
Cuentos

***679, ***680 Mijail Bakunin:
Escritos de filosofía política

681 Frank Donovan:
Historia de la brujería

682 J. A. C. Brown:
Técnicas de persuasión

****683** Hermann Hesse:
El juego de los abalorios

*684** Paulino Garagorri:
Libertad y desigualdad

685, **686** Stendhal:
La Cartuja de Parma

*687** Arthur C. Clarke:
Cuentos de la *Taberna del Ciervo Blanco*.

688 Mary Barnes, Joseph Berke,
Morton Schatzman, Peter Sedwick
y otros:
Laing y la antipsiquiatría
Compilación de R. Boyers y R. Orrill

689 J.-D. Salinger:
El guardián entre el centeno

*690** Emilio Prados:
Antología poética
Estudio poético, selección y notas
de José Sanchis-Banús

****691** Robert Graves:
Yo, Claudio

****692** Robert Graves:
Claudio, el dios, y su esposa
Mesalina

****693**, ****694** Helen Singer Kaplan:
La nueva terapia sexual

****695**, **696** Hermann Hesse:
Cuentos

*697** Manuel Valls Gorina:
Para entender la música

698 James Joyce:
Retrato del artista adolescente

****699** Maya Pines:
Los manipuladores del cerebro

700 Mario Vargas Llosa:
Los jefes. Los cachorros

701 Adolfo Sánchez Vázquez:
Ciencia y revolución.
El marxismo de Althusser

702 Dashiell Hammett:
La maldición de los Dain

703 Carlos Castilla del Pino:
Vieja y nueva psiquiatría

****704** Carmen Martín Gaite:
Cuentos completos

****705** Robert Ardrey:
La evolución del hombre:
la hipótesis del cazador

706 R. L. Stevenson:
El Dr. Jekyll y Mr. Hyde

707 Jean-Jacques Rousseau:
Las ensoñaciones del paseante
solitario

708 Antón Chéjov:
El pabellón n.º 6

****709** Erik H. Erikson:
Historia personal y circunstancia
histórica

*710** James M. Cain:
El cartero siempre llama dos veces

711 H. J. Eysenck:
Usos y abusos de la pornografía

*712** Dámaso Alonso:
Antología poética

*713** Werner Sombart:
Lujo y capitalismo

****714** Juan García Hortelano:
Cuentos completos

****715**, ****716** Kenneth Clark:
Civilización

****717** Isaac Asimov:
La tragedia de la luna

****718** Herman Hesse:
Pequeñas alegrías

*719** Werner Heisenberg:
Encuentros y conversaciones
con Einstein y otros ensayos

720 Guy de Maupassant:
Mademoiselle Fifi y otros cuentos
de guerra

*721** H. P. Lovecraft:
El caso de Charles Dexter Ward

722, **723** Jules Verne:
Veinte mil leguas de viaje submarino

****724** Rosalía de Castro:
Poesía

*725** Miguel de Unamuno:
Paisajes del alma

726 El Cantar de Roldán
Versión de Benjamín Jarnés

727 Hermann Hesse:
Lecturas para minutos, 2

728 H. J. Eysenck:
La rata o el diván

729 Friedrich Hölderlin:
El archipiélago

730 Pierre Fedida:
Diccionario de psicoanálisis

*731** Guy de Maupassant:
El Horla y otros cuentos fantásticos

*732** Manuel Machado:
Poesías

*733** Jack London:
Relatos de los Mares del Sur

****734** Henri Lepage:
Mañana, el capitalismo

735 R. L. Stevenson:
El diablo de la botella y otros
cuentos

*736** René Descartes:
Discurso del método

*737** Mariano José de Larra:
Antología fugaz

738 Jorge Luis Borges:
Literaturas germánicas medievales

739 Gustavo Adolfo Bécquer:
Rimas y otros poemas

***740 Julián Marías:
Biografía de la filosofía

*741 Guy de Maupassant:
La vendetta y otros cuentos
de horror

**742 Luis de Góngora:
Romances

***743 George Gamow:
Biografía de la física

*744 Gerardo Diego:
Poemas mayores

**745 Gustavo Adolfo Bécquer:
Leyendas

***746 John Lenihan:
Ingeniería humana

****747 Stendhal:
Crónicas italianas

****748 Suami Vishnu Devananda:
Meditación y mantras

****749 , **** 750 Alexandre Dumas:
Los tres mosqueteros

**751 Vicente Verdú:
El fútbol: mitos, ritos y símbolos

**752 D. H. Lawrence:
El amante de Lady Chatterley

753 La vida de Lazarillo de Tormes
y de sus fortunas y adversidades

***754 Julián Marías:
La mujer en el siglo XX

***755 Marvin Harris:
Vacas, cerdos, guerras y brujas

*756 José Bergamín:
Poesías casi completas

****757 D. H. Lawrence:
Mujeres enamoradas

*758 José Ortega y Gasset:
El Espectador (Antología)

**759 Rafael Alberti:
Antología poética

***760 José Luis L. Aranguren:
Catolicismo y protestantismo
como formas de existencia

---

* Volumen intermedio   ** Volumen doble   *** Volumen especial

**** Volumen extra   ● Volumen sin determinar
